부서진 우울의 말들

그리고 기록들

부서진 우울의 말들

그리고 기록들

에바 메이어르

김정은 옮김

De grenzen van mijn taal

by Eva Meijer

역자 김정은(金廷垠)
성신여자대학교에서 생물학을 전공했고, 뜻있는 번역가들이 모여 전 세
계의 좋은 작품을 소개하고 기획 번역하는 펍헙 번역 그룹에서 전문 번
역가로 활동하고 있다. 옮긴 책으로는 『이토록 놀라운 동물의 언어』, 『유
연한 사고의 힘』, 『바람의 자연사』, 『바이털 퀘스천』, 『진화의 산증인, 화석
25』, 『미토콘드리아』, 『세상의 비밀을 밝힌 위대한 실험』, 『신은 수학자인
가?』, 『생명의 도약』, 『감각의 여행』 등이 있다.

편집, 교정_ 권은희(權㞓喜)

부서진 우울의 말들
그리고 기록들
저자/에바 메이어르
역자/김정은
발행처/까치글방
발행인/박후영
주소/서울시 용산구 서빙고로 67, 파크타워 103동 1003호
전화/02 · 735 · 8998, 736 · 7768
팩시밀리/02 · 723 · 4591
홈페이지/www.kachibooks.co.kr
전자우편/kachibooks@gmail.com
등록번호/1-528
등록일/1977. 8. 5
초판 1쇄 발행일/2022. 9. 15

값/뒤표지에 쓰여 있음
ISBN 978-89-7291-781-6 03850

차례

들어가는 글

하나의 끝. 하나의 겉껍데기, 하나의 세계 속에 들어 있는 하나의 세계(하나의 자신 속에 들어 있는 하나의 자신), 생각의 둥지 속을 (마치 새끼 뻐꾸기처럼) 비집고 들어와서 건강한 다른 생각들을 밀어내는 생각들, (밝은 빛 속에 있을 때조차도) 항상 드리워 있는 그림자, 하나의 확증, 하나의 진실, 하나의 환상, 육지가 바다로 바뀌는 해안의 질척한 모래밭, 사방에 포자를 흩뿌리는 곰팡이, 방송이 끝난 텔레비전의 노이즈 화면, 서서히 사라지는 것, 모든 색이 서서히 빠져나가고 결국에는 색의 기억만 남기고 회색으로 변해버리는 것.

우울증은 소중한 사람을 잃었을 때의 슬픔과 비슷하고, 그런 슬픔은 우울증을 일으킬 수 있다. 또한 우울증은 비통함이나 공포와도 같다. 뭔가를 잃었을 때 느끼는 애끓는 고통이나 뭔가를 잃을까봐 두려운 마음과 비슷하고, 한없이 가라앉고 있을 때나 이미 바닥까지 내려앉아 있을 때와 비슷하다. 그러나 우울증은 다른 점도 있다. 우울증은 다른 종류의 상실과 짝을 이룬다. 그것은 바로 현실의 상실이다. 삶을 뒤바꾸는 사건은 세상을 다르게 보게 만든다. 사랑에 빠지면, 완전히 새로운 세상을 얻는다. 누군가를 잃게 되면, 하나의 세상을 잃는다. 그런 사건들은 완전히 다른 사람이 된 것 같은 느낌이 들게 만들 수 있다. 그러나 당신은 여전히 세상에 속해 있다. 한동안은 그런 생각조차 할 수 없을지라도, 당신은 세상에 뿌리를 내리고 있다. 당신은 여전히 당신 자신이다. 그러나 우울증은 당신이 당신 자신과 세상이 연결되어 있다는 사실을 의심하게 만든다. 더 이상 집에 있는 듯한 편안한 마음을 느낄 수 없을 뿐 아니라, 안심할 수 있는 집과 같은 장소는 없다는 것도 깨닫게 된다. 우울증은 당신의 뇌와 삶의 의미에 영향을 주어, 당신의 나날들을 조금씩 썩어들어가게 할 수도 있다. 한 번 우울증을 겪으면 두 번째 우울증이 찾아올 확률이 평균보다 높아지고, 두 번 우울증을 겪으면 다시 우울증이 생길 확률이 더 높아진다. 이런 방식으로 우울증은 당신 삶의 일부가 될 수 있다.

2017년이 저물어갈 무렵, 내 동반자는 나와 언쟁을 벌이던 중에 내가 너무 자주 슬퍼한다면서 나를 질책했다. 그 말에 나는 크게 놀랐는데, 그 시점에 특별히 슬프다는 느낌이 없었기 때문이다. 내 삶에는 우울함이 늘 함께하기는 했지만, 여느 때와 크게 다른 것은 아니었다. 그리고 확실히 우울증은 아니었다. 나는 한동안 우울증을 앓았던 적이 있었기 때문에 이 부분에 대해서는 확신할 수 있었다. 그 언쟁이 있고 나서 얼마 후, 나는 책 한 권을 읽었다. 저자는 신체장애가 있는 여자였는데, 그는 장애가 없는 삶을 살고 싶지는 않다는 것을 매우 분명한 어조로 말하고 있었다. 나는 이것을 어떻게 받아들여야 할지 몰라서 어리둥절했다. 오랫동안 나는 불행에 행복이 짓눌리는 일이 너무 많았기 때문에, 내 삶이 살아갈 가치가 없다고 생각했다. 그렇다고 내 삶에 멋진 일이 아무것도 없었다는 뜻은 아니다. 사실 그 반대였지만, 그럴 때에도 내 기분은 평소보다 훨씬 더 가라앉아 있는 경우가 많았다. 누구도 느끼지 않기를 바라는 그런 기분이었다. 그와 동시에, 그 경험은 세상을 바라보는 내 시각을 더 풍성하게 만들어주었고 나는 훌륭한 직업윤리를 발전시켜 나갔다. 나는 일에 파묻혀 살았다. 우울증이 공감 능력과 상상력을 더 많이 가져다주고 감수성을 더 예민하게 만들어주는지는 잘 모르겠다. 어쩌면 이런 특성이 우울증을 불러올 수도 있고, 그 원인의 일부가 될 수도 있을 것이다. 어쨌든, 이런 사건들은 나를 생각에 잠기게 한다.

이 책은 그 결과물이다. 이 책에서 나는 내 경험을 소재로 우울증에 대한 짧은 철학적 탐구를 하려고 한다. 이는 루소Jean-Jacques Rousseau가 그의 『고백록Les Confessions』 첫머리에서 한 말처럼 아주 작은 것 하나도 숨김없이 나 자신을 온전히 드러낼 수 있다는 이야기가 아니다. 나는 그 정도까지 내 자신의 삶을 충실하게 묘사하거나 자화상을 그리고 싶지는 않다. 나는 내 삶을 돋보기 삼아서 우울증의 구조와 의미를 살펴보고자 한다. 이것은 나 자신에 관해서 내가 말할 수 있는 것의 단편에 불과하다(그리고 말로 표현되는 것은 그 저변의 사건과는 조금 어긋나기도 한다). 그럼에도 우울증은 내 삶의 중요한 일면이고, 나를 단단하게 만들어주는 것이다.

우울증이 무엇인지를 더 잘 이해한다고 해서 우울증이 낫는다고 생각하지는 않는다. 그러나 이해해볼 가치는 있다. 우울증은 단순한 화학적 문제가 아니다. 우울한 사람을 사로잡고 있는 의문들은 근본적으로 인간적이다. 그리고 그런 의문들과 닿아 있는 다른 철학적 문제들은 언어, 자율성, 권력관계, 외로움, 몸과 마음의 관계와 관련이 있다. 그러나 이 책에는 다른 면도 있다. 이 책은 동물, 나무, 타인, 예술처럼 위안과 희망과 삶의 의미를 줄 수 있는 것들에 대한 이야기이기도 하다.

1.
서서히 빠져버린 색과
만찬 식탁에서의 죽음에 대하여 :
짧은 개인사

내 기억으로는 1994년 5월은 유난히 따뜻하고 화창했다.[1] 반 친구들은 쉬는 시간마다 잔디밭에 둘러앉아서 데이지꽃으로 화환을 만들고 기타를 치고 놀았다. 세상은 빛이 났고 인생은 찬란할 것 같았다. 그러나 친구들이 즐겁게 깡충거리며 인생을 뛰노는 동안, 나는 발을 내디딜 때마다 보이지 않는 진구렁 속으로 점점 더 깊이 빠져들었다. 너무 강한 중력의 힘에 사로잡힌 것 같기도 했고, 지구가 나를 땅속으로 끌어당기고 있는 것 같기도 했다. 나는 열네 살이었고, 그 암울한 느낌을 오래 전부터 알고 있었다.

이를테면, 내 여덟 살 생일에 한 친척 어른이 나를 장난감 가게로 데려가서 원하는 선물을 고르게 했다. 나는 개 인형이 들어 있는 바구니를 골랐다. 그 바구니 속에는 작은 강아지들도 있었다. 나는 그 인형이 진짜 사랑스럽다고 생각했지만, 잘못 고른 것 같은 기분도 들었다. 더 실용적인 것을 골랐어야 했다고 생각했다. 내 생일은 즐겁지 않았다. 언쟁이 있었고, 이상한 회색 기운이 스며들었다. 나는 무엇인가가 잘못되었음을 감지했다. 그런데 다른 사람들은 어떻게 그렇지 않은 척할 수 있는 것일까? 내 어린 시절 내내 오락가락하던 그 느낌은 그해 5월에 전면으로 나와서 다른 것들을 조금씩 뒤로 밀어냈다.

5월은 6월로 바뀌었고, 모든 것은 더 회색이 되어갔다. 마치 만화영화처럼, 가장자리에서부터 색이 점점 빠져나가더니 결국에는 모든 것이 흑백이 되었다. 그리고 그다음에는 흑백의 대비조차도 점차 희미해졌다. 흰색도 차츰 어두워져갔고, 마침내 회색 위에 회색이 덧대어졌다. 나를 둘러싼 세상은 다른 세상이 되었다. 그 안에서는 무엇이든 잘될 것 같지 않았다. 사실 결코 잘될 일은 없을 것 같았다. 내몸이 그 무게에 짓눌리고 있는 동안, 내 머릿속에는 하나의 생각만이 맴돌았다. 내가 존재하지 않았더라면 더 좋았을 것이라는 생각이었다. 그후로 오랫동안 나는 5월이 진저리치게 싫었다. 봄 냄새도, 파릇파릇한 새싹도 싫었다. 그리고 나는 여전히 여름을 알리는 첫 신호가 반갑지 않다. 누군가와 달리, 나는 앞날에 대한 기대를 할 수 없다.

그 무렵 나는 장 폴 사르트르Jean Paul Sartre의 『구토 La nausée』[2]를 처음 읽었다. 소설의 주인공 로캉탱도 정확히 똑같은 무덤덤함을 느꼈다. 나는 책의 내용이 몹시 무섭게 느껴졌다. 내가 느끼고 있던 감정과 사르트르가 묘사한 것은 마치 황량한 진실, 어떤 적막함에 닿아 있는 것 같았다. 나는 그 감정이 이제 결코 사라지지 않으리라는 것을 알게 되었다. 사르트르에게 그 황량함은 순수하게 나쁘기만 한 것은 아니었다. 그것은 자유의 시작점이기도 했다. 그의 말에 따르면, 인간은 단순히 육체가 아니다. 우리는 의식이기도 하며, 육체라는 위치를 벗어나기 위해서 우리는 존재의 부조리함과 공허함에 맞서야 한다. 신에 대한 생각이나 위안이 주는 착각이나 다른 이의 소원이 이루어지기를 바라는 것으로 눈가림을 해서는 안 될 것이다. 스스로 자유로워져야 한다. 스스로 선택을 하고 그 선택에 책임감을 가져야만 자기 인식에 도달할 수 있다. 그러나 그때의 나는 자유에 대해서 알지 못했다. 『구토』에서 로캉탱은 도서관에서 역사를 조사했다. 그의 소외감은 점점 더 커졌고, 그는 이것이 그와 아무 상관이 없으며 세상은 원래 그렇다는 결론을 내렸다. 그의 구역질은 아무 때나 무작위로 나타나는 반응이 아니라, 존재에 대한 그의 이해가 점점 더 커져가면서 생긴

증상이다. 선과 아름다움을 믿는 사람들은 순진하고 속아 넘어가기 쉽다. 도서관에 자주 가는 그 독학자도 그랬다. 그리고 나쁜 일의 이면에는 아무것도 없을 것이다. 자신을 속이지 말자.

10대들과 실존주의자들은 삶에 대해서 뭔가 진실된 것, 뭔가 암울한 것을 이해한다. 아마 어린이들은 안전한 세상에서 살고 있지 않을 것이다. 이미 진짜 세상에서는 고양이들이 차에 치여 죽고, 동물들이 먹히고, 어떤 어린이들은 전쟁을 경험한다(이 세상 곳곳에는 직접 전쟁을 하는 어린이도 있다). 그러나 종종 어린이들은 어른의 냉정함이나 그 냉정함에 대한 어른의 익숙함을 아직까지는 가지지 못한다. 어린이의 세계는 마법처럼 살아 있고, 아직은 모든 것이 가능하다. 그러나 청소년에게는 세상은 그 힘을 온전히 드러낸다. 첫사랑에 빠지면 한계가 없어지는 느낌, 모든 방향에서 무엇인가가 자신에게 흘러들어오는 느낌을 느낄 수 있다. 삶의 무의미함도 이런 방식으로 나타날 수 있다. 이것이 바로 삶이고, 삶의 진실이다. 삶을 즐기는 모든 사람들은 이런 환상에 사로잡혀 있는 것이다.

나는 절대로 더 좋아질 일은 없을 것이라고 생각했다. 나는 항상 그렇게 느꼈다. 그리고 여러 가지에 대해서 죄책감을 느꼈을 뿐 아니라, 끊임없이 죽음을 생각했다. 죽음, 나 자신의 죽음은 하나의 형체를 얻어서 마치 그림자처럼 그 시절의 내 옆에 항상 붙어 있었다. 내 계획들은 구체적이지는 않았지만, 동시에 끊임없이 나타났다. 나는 친구들과 학교에서 그런 이야기들을 했고, 다 잘될 것이라고 생각하는 다양한 치료사들에게도 이야기했다. 그 시절에 나는 밝은색 옷을 입는 것을 좋아했는데, 이것이 나를 상담한 모든 심리학자와 정신과 의사들이 내 상태가 심각하지 않다고 판단한 이유 중 하나가 되었다. 그중 한 사람은 내가 검은 옷을 입지 않고 나비가 달린 초록색 털모자를 쓰고 있기 때문에, 내 상태가 그렇게 나쁠 리 없다고 썼다. 정말로 그렇게 썼다. 게다가 그에 따르면, 어쨌든 나는 모든 방면에서 재능을 타고났다. 나는 고주망태가 되도록 술을 마셨고, 학교를 빠졌고, 선생님과 말다툼을 했다. 그리고 노래를 불렀다. 그 모든 것이 약간씩 도움이 되었고, 가까스로 그 시절을 견뎌낼 수 있었다. 내가 아프다는 느낌은 없었다. 나는 내가 나쁜 애라고 생각했고, 그 느낌을 지우거나 외면할 목적으로 그렇게 행동했다. 나는 밤마다 창가에 앉아 담배를 말아 피우면서 음악을 들었다. 그러면서 시와 노래와 편지를 썼고, 때로는 그렇게 쓴 것을 태우기도 했다. 모든 것이 하나의 깊은 골을 중심으로 소용돌이쳤다. 그렇게 된 것이다. 나는 여기 혼자이고, 내가 하는 것은 모두 다 잘못이다. 그리고 그런 일이 반복된다.

철학적인 자살과 구체적인 자살

『시시포스 신화^{Le Mythe de Sisyphe}』에서 알베르 카뮈^{Albert Camus}는 삶이 무의미하다는 것을 알게 되면 반드시 자살로 이어져야 하는지에 의문을 품었다.[3, 4] 카뮈에 따르면, 우리가 자살을 해야 하는지 여부를 묻는 이 질문은 근본적인 철학적 문제이다. 삶은 혼란스럽고 제멋대로이며 부조리하다. 우리가 질문을 던져도, 세상은 지나치게 조용하다. 우리가 바라는 결과나 의미를 우리에게 주지 않는다. 그렇기 때문에 누군가는 신이 그가 상상한 대로 이 세상을 만들었다고 믿고, 거기에 질서와 목적을 부여하기도 한다. 아니면 삶이 무의미하다는 것을 받아들이고, 의미가 없으면 살 가치가 없으므로 죽음에 뛰어들 수도 있다. 하지만 부조리함을 포용한다는 제3의 선택도 있다. 부조리가 만연한 세상에서, 우리는 인간으로서 그런 부조리에 정면으로 맞서고 그에 따른 모순도 함께 선택하는 것이다. 부조리에 맞서 싸우기를 바라면서 부조리로부터 해방되기를 바라는 것, 이것 또한 부조리이다. 만약 우리가 이렇다면, 자살은 해결책이 아니다. 오히려 가능한 한 폭넓고 풍성한 삶을 선택해야 한다. 목적은 없지만 강한 확신을 가지고 자신의 열정을 추구한 전설 속 인물인 돈 후안처럼, 셀 수 없이 많은 인간의 삶을 살아가는 배우처럼, 부조리에 의미를 부여하려 들지 않고 그 모습을 그대로 보여주려는 예술가처럼 살아가는 것이다.

우리가 부조리를 받아들여야 한다는 카뮈의 주장은 옳다. 삶이 부조리하다는 것은 기쁨의 원천이기도 하며, 해학은 그 무의미함에 대항하는 최고의 무기 중 하나이다. 그러나 이는 우리가 우울해지면 문제가 생길 수 있는 영역 중 하나이기도 하다. 부조리함의 가치나 그 재미를 더 이상 알아볼 수 없게 되는 것이다. 관계는 의미를 잃고, 예술도 마찬가지이다. 자기 자신으로부터, 그리고 세상으로부터 자신을 단절시키게 된다. 처음 우울증에 빠졌을 때, 내 주위에는 좋은 친구들이 있었다. 친구들은 내게 무슨 일이 일어났는지를 알았지만, 친구들의 존재는 아무런 도움이 되지 않았다. 나는 내가 혼자라는 것, 그것이 정말로 내가 혼자인 이유라는 것을 비로소 이해했다고 생각했기 때문이다. 내 생각은 나를 고립시켰다. 그리고 모든 것이 회색이었다. 나는 완전히 회색이었고, 내 감정의 겉껍데기일 뿐이었다. 모든 것이 다 회색이었다는 것이나 내가 정말로 어땠는지에 대해서 다른 사람은 알지 못했다. 다른 이들이 내게 보여준 다정함은 나 자신에 대한 혐오만 확인시켜줄 뿐이었다. 그리고 달라질 기미는 조금도 보이지 않았다. 때때로 어머니는 학창 시절이 가장 좋을 때라고 말하곤 했다.

나는 자주 결석을 하고 행동이 불량스러웠지만, 큰 문제 없이 졸업시험을 통과했다. 그리고는 음악 공부를 하기 위해서 영국으로 갔다. 새로운 시작, 그 뿌리는 과거에 있었다. 몇 달 후, 이모가 스스로 삶을 끝냈다. 전혀 예상하지 못한 일은 아니었다. 이모는 오랫동안 신경통을 심하게 앓아왔고, 계속 그렇게 살고 싶어하지 않는다는 것을 우리는 알고 있었다. 이모는 전에 소극적인 자살 시도를 한 적이 있었다. 그것은 전혀 예상하지 못한, 번개와도 같은 사건이었다. 세상은 그 번개가 치기 이전과 이후로 나뉘었다. 물론 죽음은 세상을 항상 둘로 갈라놓지만, 내게는 서로 잘 맞물려 있다고 생각했던 것이 어긋나는 계기가 되었다. 세상 일이 항상 더 나아지기만 하는 것은 아니다. 어떤 균열은 20년이 지나도 그대로 남아 있다. 상상도 못 할 일이 정말로 일어날 수도 있다. 내가 말하고자 하는 것은 고통이나 슬픔에 대한 이야기가 아니다. 물론 그런 감정도 있지만, 내 슬픔은 망자의 어머니와 자매들과 두 딸의 슬픔에 비하면 아무것도 아니다. 그러나 어떤 것은 정말로 부서져버렸다. 나는 자살이 다른 형태의 죽음보다 더 나쁜 죽음인지는 모르겠다. 누가 어떻게 죽는지에 따라 완전히 다를 것이다. 선택할 수 있는 방법이 아직 남아 있거나 그런 방법을 거의 찾아보지 않은 경우라면 확실히 다르다. 그러면 '만약……만 했었다면……'과 같은 종류의 뼈저린 후회들이 너무 많아진다. 이모의 경우는 상황이 바뀌었을 만한 길이 아주 많았다. 아니, 그렇게 보였다. 그 일이 있던 날에 이모를 혼자 두지 않았거나, 며칠 또는 몇 주 전에 정신과 의사의 진료를 받게 했거나, 전문 시설에 입원시킬 수도 있었다. 어쩌면 명상이 도움이 되었을지도 모른다. 사실 나는 죽고 싶은 이모의 마음에 대한 이야기를 이모와 나눈 적이 한 번도 없었다.

이모의 죽음 이후의 크나큰 슬픔과 고통은 내 마음 상태에 좋지는 않았지만, 자살에 대한 내 생각을 바꿔놓지는 않았다. 자살은 해결책이 아니라 끝이라는 생각 말이다. 해결책은 더 좋아지고, 오래된 것이 새로운 것으로 바뀐다는 것을 미리 가정한다. 반면 자살은 이런 문제가 없는 상태로 이끌 뿐이다. 만약 자녀가 있다면 자살을 해서는 안 된다고 생각한다. 적어도 나는 그렇게 할 것 같지 않다. 하지만 다른 누군가가 겪는 (보이지 않는) 고통의 깊이를 내가 판단할 수는 없다.

그 당시 나는 구체적인 행동으로서의 자살이 우리가 자신의 목숨을 끊어야 할지 말지와 같은 추상적이고 철학적인 질문과는 거리가 멀다는 것을 아주 또렷하게 목도했다. 그것은 갑작스러운 절망이나 비관으로 인한 자포자기의 행동이고, 종종 일이 잘못되어서[5] 피와 (때로 영구적으로 남는) 상처를 남기고 가족과 친구들을 질겁하게 하는 행동이다. 만약 시도가 성공하더라도, 남은 사람들에게는 관과 장례식 음악을 고르고 추도사와 돈 문제만 해결하면 끝나는 일이 아니다. 남은 이들도 엄청난 죄책감과 고통을 떠안게 된다. 그 죄책감과 고통은 남겨진 모든 사람들의 삶에 새겨지는 흉터로 남는다. 결국에는 무뎌지겠지만, 슬픔이 결코 사라지지 않는 것처럼 그 흉터도 결코 사라지지 않고 형태만 바뀌어서 그 이후에 일어나는 모든 일에 영향을 미친다.

이 세상에 자리 만들기

사실 나는 우리가 스스로 목숨을 끊어야 하는지 아닌지에 대한 의문이 근본적인 철학적 질문이라고 생각하지 않는다. 그런 질문들은 너무 많다. 그러나 그 질문은 내가 오랫동안 품어온 의문이다. 열네 살에 시작된 나의 우울증은 약 7년 정도 불규칙적으로 지속되었다. 열일곱 살에서 스무 살 즈음까지의 몇 년은 거의 기억이 나지 않는다. 사라진 시간들은 아마 나의 내면 어딘가에 그대로 보관되어 있을 것이다. 스물한 살이 되면서부터는 일이 잘 풀리지 않는 시기가 있었지만, 그렇게 오랫동안 기억이 사라지는 일은 없었다. 가끔 한두 달씩, 1년이나 반년에 한 번 정도만 사라질 뿐이었다. 나는 내가 다시 우울해질 수도 있다는 것을 잊지 않았지만, 한동안은 꽤 괜찮았다. 내가 "꽤 괜찮았다"는 것은 아주 밝았다는 뜻이 결코 아니다. 나는 여전히 어두웠고, 그 어둠이 조금 더 커지거나 더 줄어들었을 뿐이었다. 그렇다고 내게 좋은 일이 아무것도 없었다는 이야기는 아니다. 내 삶은 풍성하다. 실제로 우울하지 않으면, 나는 항상 막연히 잘될 것이라고 느낀다. 확실히 잘되고 있는 경우가 아닐 때조차도 그렇게 생각하고는 했다.

암스테르담 대학교 철학과의 윤리 수업은 첫 주에는 쾌락주의와 공리주의에 초점을 맞춘다. 둘 다 행복을 가치의 주된 척도로 삼는 사조이다. 그것은 학생인 나를 당황스럽게 했고, 내가 그곳에서 가르칠 때에도 또다시 나를 당황스럽게 했다. 이것이 정말로 윤리에 대한 합리적인 사고방식인지에 대한 의문은 차치하고, 내가 놀랐던 점은 사람들이 정말로 행복할 수 있다는 점과 행복해지기를 열망한다는 점이었다. 내가 생각하기에, 행복을 추구하기 위해서 사는 것은 좋은 생각이 아니다. 그러나 나는 다른 사람들의 행복에 기여하는 것이 진심으로 즐겁다.

우울증에 대처하는 법을 배우기 위한 한 가지 요소는 다른 어딘가에서 뭔가 가치 있는 것을 찾아내는 것이다. 마침내 나를 구원해준 것은 내 일이었다.[6, 7] 나는 내 운명과 내 창작물을 연결시키는 법을 배웠고, 그로 인해서 내가 죽어야 하는지에 대한 의문을 괄호 속에 넣어둘 수 있었다. 그리고 어느 정도는 내 감정을 실어서 그렇게 할 수 있었다. 이것은 우울증의 치유와는 별로 상관이 없다. 주어진 뭔가에 대해 어떤 태도를 선택한다는 의미이다. 내 일은 내 삶에 의미를 주고, 일하는 것은 나와 내 나날들의 형체를 만들어준다. 나는 나를 계속 살아 있게 해주는 일상을 나 자신에게 가르쳤다. 그렇기에 내 우울은 달랐다. 나는 낙관적으로 우울했다. 나는 나 자신을 깨닫고자 열망했고, 잘 단련이 되어 있었으며, 전투적이었다. 게다가 내가 하는 일의 장점은 내 감정이 내가 창조하는 것 속으로 흘러들어갈 수 있다는 점이다. 이를테면, 내 소설 『공작나비*Dagpauwoog*』[8]의 마지막 부분을 쓸 당시의 나는 무엇이 나를 가라앉게 하는지를 묘사하는 것 말고는 다른 일은 거의 할 수 없었다. 내 노래 중에는 추락에 대한 것이 많고, 내 그림 속에는 종종 어둠이 스며든다. 나는 지나치게 열심히 일을 하는 편이다. 대부분의 다른 사람들보다 더 일에 열중하지만, 어쨌든 그것은 괜찮다. 죽는 것보다는 피곤한 것이 더 낫다. 나는 이렇게 살기 위해서 스스로 단련해왔고, 그것은 효과가 있었다. 살아 있다는 것이 그렇게 당연한 일이 아닌 누군가에게, 이런 종류의 태도를 일궈낼 수 있다는 것은 이미 꽤 대단한 일이다.

내가 처음 한 일은 작곡이었다. 크리스틴 허시Kristin Hersh는 그의 "편지"라는 노래에서, 자신의 머릿속에 갇힌다는 것이 어떤 것인지를 묘사한다. "1984년 9월 29일, 아무개에게, 나를 추슬러줘요. 나는 길을 잃었어요. 아니, 내가 시작한 곳으로 되돌아가고 있어요. 나는 바닥에 널브러져서 허우적대고 있어요." 똑같은 두 개의 코드를 계속 반복하면서, 허시는 어떤 방에 대해 노래한다. 그 방은 아마 호텔 방일 것이다. 그곳에는 그가 노래를 불러주는 사람이 존재하지도 않고 존재할 수도 없다. 그 방은 그의 머릿속에 있는 방이다. 그는 그 방을 벗어날 수 없다. 그것은 단순한 노래가 아니다. 하나의 의식이며, 하나의 주문이다. 노래를 통해서 그는 공간이 없는 공간을 창조한다.[9] 나는 10대 시절에 허시의 「힙스 앤드 메이커스Hips and Makers」 앨범을 무척 많이 들었다. "편지"가 수록된 이 앨범을 들으면서 창턱에 앉아 담배를 피웠다. 다른 싱어송라이터의 노래도 많이 들었고, 내가 직접 곡을 쓰고 공연을 하기 시작했다. 노래는 마음을 여는 데에 도움이 된다. 생각에 병이 들면 마음이 완전히 닫힐 위험이 있다. 내 노래들은 외부 세계와 나를 이어주는 다리를 만들었다. 그리고 나는 그 노래들을 부르면서, 외부 세계와 나 사이의 거리를 극복할 수 있었다.[10] 노래를 부를 때, 나는 존재했다.

자화상 그리고 존재/부재

미국의 사진작가 프란체스카 우드먼Francesca Woodman은 스물두 살의 나이에 건물 옥상에서 투신하여 자살했다. 그가 찍은 수많은 자화상 속에는 그가 존재하면서 동시에 부재한다.[11] 그 흑백 사진들 속에서 종종 벌거벗은 그의 몸은 소재인 동시에 주제이다. 사진 속에서 대체로 움직이고 있는 그는 막 그 자리를 떴거나 뜨려고 하고 있다. 그 흔적이 땅바닥이나 마룻바닥에 남아 있다. 거울 속에 비친 그의 모습을 볼 수 있는 사진도 있고, 팔이나 다리의 일부만 볼 수 있는 사진도 있다. 그것은 일종의 환영(幻影)이다. 그 환영은 언젠가는 죽어야 하는 존재인 우리가 보존되는 방식을, 그리고 우리가 어떻게 사라지는지를 보여준다. (물론 사진은 본질적으로 보존의 예술이다. 우리가 시간의 한순간을 잘라내어 모두가 영원히 볼 수 있게 한다는 것은 그 시간이 이미 지나갔다는 것을 강조할 뿐이다.) 사진은 여기에 있는 것과 여기에 있었던 것 사이의 중간 지대를 재현한다. 사진은 흔적이다. 그런 면에서, 사진은 쿠바계 미국인 예술가 아나 멘디에타*Ana Mendieta*의 신체 프린트(body-print)를 연상시킨다.[12] 그의 「실루에타*Silueta*」 시리즈는 땅에 새겨진 몸의 자국으로 이루어진다. 여성의 몸은 모래 속에서 사라지고, 때로는 부분적으로 붉은 물감이 칠해지기도 한다. 멘디에타의 말에 따르면, 우리는 항상 여기에 있었고 우리는 항상 떠날 것이다. 우드먼과 멘디에타의 작업은 물질의 형태 이후에 무엇이 오고, 무엇이 남는지를 보여준다. 심지어 그 시야에 들어온 자신의 몸조차도 더 큰 무엇인가의 일부이며, 그 속으

로 이미 사라져가고 있다.[13]

오랫동안 나는 아무것도 잊고 싶지 않았다. 그래서 작품을 만들기 시작했다. 노래는 감정을 고착시킨다. 종이에 쓰인 단어들은 나보다 강하지는 않겠지만 더 오래 남을 것이고, 나에게서 분리되어 그 자체의 삶을 살게 될 것이다.[14] 모든 것을 잊고 싶지 않은 마음은 죽음, 즉 나 자신의 죽음에 대한 나의 사랑과 이어져 있었다. 내 마음속 어딘가에 놓여 있는 작은 의자 위에는 이런 죽음에 대한 생각이 웅크리고 앉아 있었다. 그리고 그런 생각이 나를 두렵게 한다는 사실과도 이어져 있었다. 그러나 대개는 모든 것이 사라진다는 점을 안다는 것과 이어져 있었다. 나는 나이가 들수록 뭔가를 보존하고픈 욕구가 점차 약해져갔고, 움직이고 있는 모든 것에 더 굴복할 수 있게 되었다. 어쩌면 그것도 상실일 것이다. 순환하는 것은 그 자체의 슬픔이 있고, 우리는 그것을 견딜 수 있어야 한다.[15]

예술 학교를 다닐 때와 그 전후로 몇 년 동안, 나는 주로 자화상을 만드는 작업을 했다. 그것은 허영이 아니라 나 자신에게 형상을 주기 위한 것이었고, 자신이라는 것이 실제로 무엇인지를 조사하기 위해서였다. 나는 나 자신의 몸, 즉 내가 가지고 있는 형태도 조사했다.[16]

트레이시 에민Tracey Emin의 극히 사적이고 서정적인 회고록인 『낯선 땅Strangeland』[17]에 관한 글을 쓴 지넷 윈터슨Jeanette Winterson은 삶과 작품 사이에는 어떤 경계도 없다고 말한다. 모든 예술이 자전적이어서가 아니라, 우리는 우리가 창조하는 것에 자신을 모두 쏟아부어야 하기 때문이다.[18] 자화상은 다른 작품보다 더 사적이거나 더 내밀한 것이 아니다. 단지 특별한 시선을 제공할 뿐이다. 에민의 경우, 삶과 작품 사이의 경계가 늘 유동적이었다. 마게이트에서의 성장기, 그의 사랑, 그의 성생활, 가족과의 불편한 관계, 한 예술가로서 그가 처한 상황, 한 여자, 여성 예술가라는 그의 삶이 그에게는 말 그대로 예술의 주제였다.

에민의 가장 유명한 설치 작품 중 하나는 「나의 침대My Bed」이다. 정리가 되지 않은 하얀 시트 위에 수건들과 팬티스타킹 한 켤레가 널려 있는 침대, 그 앞에 깔려 있는 파란 매트에는 슬리퍼, 담배갑, 장난감 강아지, 허리띠, 보드카 병, 콘돔, 탐폰 같은 온갖 개인적인 물건들이 늘어져 있다. 이 침대는 실제 그의 침대이다. 에민은 애인과 헤어진 후 이 침대에서 나흘을 보냈다. 먹을 것은 없지만, 술과 섹스는 넘쳐난다. 「가디언The Guardian」은 이 작품에 대해서 "섹스와 죽음이 폭력적으로 뒤섞여 있다"고 묘사한다.[19] 이 작품은 (에민의 작품이 종종 그렇듯이) 마초적인 성격이 있지만, 동시에 부드러운 시트로 덮인 침대이기도 하다. 침대는 꿈을 꾸는 것, 잠을 자는 것, 사랑을 나누는 것, 머리맡에 있는 동물 친구와 같은 좋은 것을 나타낸다. 에민의 침대는 그것이 얼마나 터무니없는 것인지를 말한다. 침대는 에민의 감정을 목격했고, 대중도 그 침대를 통해서 같은 것을 목격한다.

침대는 우울증을 비유하기에 좋다. 우울증은 종종 침대에서 견디기도 하고, 침대는 실생활을 벗어난 장소이기 때문이다. (그러나 침대에서 글을 쓰는 작가도 많아서, 침대가 작업 공간이 될 수 있다는 것도 알고 있다.) 침대는 잠을 자고 꿈을 꾸는 곳이고, 틈새 시간의 공간이다. 우울할 때에는 모든 시간이 틈새 시간이거나 거꾸로 흐른다. 우울한 사람이 죽지는 않았지만 확실히 살아 있다고도 말할 수 없는 중간 상태에 있는 것과 비슷하다. 그 흔적을 뭔가 실제로 남기는 것, 자신을 구원해준 그 침대를 흰 공간 속에 가져다놓는 것은 어쩌면 우울한 채로 할 수 있는 유일한 합리적인 일일지도 모른다.

나는 여전히 작품을 통해서 이야기를 하고 있지만, 요즘에는 자화상 같은 것은 거의 만들지 않는다. 어쩌면 이 글이 일종의 자화상이 될 수도 있겠다. 소설과 비소설의 차이에 대해서 여러 가지 오해가 있는데, 하나는 진실이 담겨 있고 하나는 완전히 허구라는 것도 그런 오해 중 하나이다. 소설도 비소설만큼 진실을 담을 수 있으며, 때로는 더 진솔하다. 두 접근법은 선택된 소재를 조명하는 방법에 대해서 각기 다른 관점을 제시하며, 그렇기 때문에 상호 보완적일 수 있다. 소설은 학문적 담론이나 전기적 묘사와는 사뭇 다른 상황이나 경험을 소개할 수 있기 때문에, 독자를 다른 방식으로 몰입하게 한다. 그렇게 하는 것이 정확하게 맞아떨어지는 방법이 될 수도 있다. 어떤 것은 한 언어보다는 다른 언어에서 더 잘 표현될 수 있다. 뭔가를 만든다는 것은 늘 그 안에 번역의 요소가 있고, 윈터슨의 말처럼, 우리는 항상 우리가 가진 모든 것을 쏟아부으면서 그 일을 해야 한다.

자살의 미학

우울증은 예술가들 사이에서 상대적으로 더 흔하다. 스웨덴의 대규모 연구에서 드러났듯이, 작가들은 일반인들에 비해서 자살 시도 확률이 50퍼센트 더 높다.[20] 플랑드르의 작가이자 철학자인 파트리시아 드 마르텔라에르Patricia De Martelaere는 자신의 에세이 「삶의 예술가 : 자살의 미학에 대하여De levenskunstenaar, naar een esthetiek van zelfmoord」에서 우리가 자살을 하나의 미학적 문제로 접근할 수 있는지를 살펴본다.[21] 그는 성공을 했음에도 애면글면하면서 죽음을 바라는 작가들의 심리의 배경에는 완료에 대한 열망이 있다고 생각한다. 그의 추론은 이렇다. 지크문트 프로이트Sigmund Freud는 우리의 무의식적 욕망 중에서 가장 큰 욕망의 하나가 자신의 장례식에 참석하는 것이라고 말했다. 이 때문에 사람들이 종종 그런 꿈을 꾼다는 것이다. 드 마르텔라에르는 이것이 죽음에 매료된 것이라기보다는 삶을 완벽하게 마무리 짓고자 하는 소망을 암시한다고 믿는다. 그가 꼽은 세 명의 작가, 헤밍웨이와 플래스와 파베세는 모두 작가로서 성공을 거두었지만, 자살을 감행하는 "자신을 막지" 못했다. 이런 자살 유형은 열심히 작업을 하지만, 나중에는 "경험과 의식과 통제의 필요성에 사로잡혀" 무너진다.[22] 결국 그들에게는 죽음이 더 낫다. 완성이라는 의미에서 보면, 삶은 죽음 이후에 완성될 것이기 때문이다. 그 중심에 있는 열정은 본질적으로 미학적이다. 자살은 삶을 완료시키고 하나의 경험으로 바꿔놓는다. 그 경험은 더 이상 개인의 것이 아니라, 다른 사람들이 관찰할 수 있는 것이 된다. 누군가 그의 생을 실질적으로 마감하면, 그것이 다른 사람들에게는 그 삶의 온전한 의미를 찾기 위한 출발 신호가 된다. 이런 마무리는 어떤 예술적 이상을 암시한다. 그것은 소설의 완성에 비견될 수 있다. 또는 자신이 만든 하나의 세계, 어떤 완결된 이야기를 보여주는 것이라고도 할 수 있다.

윌리엄 스타이런William Styron은 그의 회고록 『보이는 어둠 Darkness Visible』에서, 그가 사랑한 도시인 파리로 향하는 경험을 묘사한다. 그의 파리행은 영예로운 상인 치노 델 두카 상을 받기 위해서였다.[23] 그는 이미 깊은 절망감을 느끼고 있었기 때문에, 파리에 가기 전에 저명한 정신과 의사에게 상담을 받는다. 의사는 파리에 가되 되도록 빨리 집으로 돌아오라고 조언한다. 스타이런의 마음 상태는 이 여행을 하는 동안 더 악화된다. 다른 많은 우울증 환자들과 달리, 그는 아침에 침대에서 일어날 수는 있지만 하루 일과를 보내는 동안 무너져 내린다(말 그대로 꼿꼿하게 있기가 힘들다). 이런 상태는 그가 집으로 돌아오자 더욱 나빠진다. 약물은 그를 더 가라앉게 만들고, 그는 결국 입원을 해야 할 정도로 상태가 악화된다. 입원은 그에게 전환점이 되었고, 그는 회복되기 시작한다.

스타이런은 자살을 생각하고 있었고, 이미 일기장을 불태웠을 정도로 자살에 아주 근접해 있었다. 그러나 그의 글에는 자유나 드 마르텔라에르가 가정한 죽음에 대한 선택과는 매우 다른 뭔가가 나타난다. 그는 자신이 중요한 상을 탔다는 것과 늘 그를 지탱해주는 아내가 있다는 행운을 누리고 있다는 것을 알고 있다. 그럼에도 그를 끌어당기는 진구렁에서 더 이상 스스로 헤어날 수가 없다. 자살을 시도하는 작가들이 모두 우울증이 앓았던 것은 아니겠지만, 상당수가 그랬을 것이라고 예상할 수 있다. 그리고 우울할 때 자살을 하는 것은 미학적 행위가 아니다. 그런 상황에는 미학이 끼어들 여지가 없고, 그렇게 주장을 하는 것은 다소 잔인해 보인다.

예술은 특정 경험이나 삶 자체를 구체화하는 데 도움이 될 수 있다. 예술은 외적인 것이다(예술가에게도 마찬가지이다). 이 외적인 것이 의미를 낳고, 때로는 우리를 지탱해주기도 한다. 만약 우리의 하루하루가 아무 가치가 없다고 해도, 우리는 그 하루하루에서 뭔가 아름다운 것을 만들 시간을 얻을 수 있다. 그럼에도, 예술이 해결책은 아니다. 기껏해야 더 밝은 쪽으로 향하는 통로에 불과하다. 그곳에 가려면 움직일 수 있어야 하고, 뭔가를 시작해야 한다. 우울증이 있는 사람은 종종 그런 것을 하지 못한다.

자유의 한계

영원의 관점에서 보면 삶은 무의미하다는 실존주의자들의 주장도 당연히 일리는 있다. 최선을 다해서 섬겨야 할 신은 없다. 우리에게는 서로가 있을 뿐이다. 그리고 우리는 모두 죽는다.[24] 그 선명하고 혹독한 자각은 10대의 나를 강타했다. 어떤 생각으로 포장되어 있든지 상관없이, 내 우울한 생각의 기반에는 여전히 그런 인식이 있다.[25] 그러나 우울이나 죽음에 실존주의적으로 접근하는 것에는 한계가 있다. 자유로워져야 한다는 의무, 스스로 자유로워지겠다는 의지는 심각한 우울증을 겪고 있다면 결코 도달할 수 없다. 자기 자신에 대한 인식, 할 수 있는 한 좋은 사람이 되는 것, 이 세계로 들어오는 것, 우울증이 있으면 이 중에서 할 수 있는 것이 아무것도 없다. 따라서 실존주의적 전통이 어떤 통찰을 제공한다고 해도, 그 신조를 따를 수 없다. 자살 시도를 생각하는 사람들은 삶을 살아갈 수 없기 때문에, 카뮈처럼 부조리를 포용하는 것을 선택할 수 없다. 만약 (에민의 경우처럼 나흘 만에 침대에서 일어난다거나, 병원 진료를 받고 다시 읽고 쓰기가 가능해질 때와 같은) 나중이 있다면, 그런 것은 나중에나 가능한 일이다. 실존주의에 대한 이런 반발은 우울증에 대한 생각에만 적용되는 것이 아니다. 평론가들은 실존주의자들이 자유에 대한 우리의 수용력을 과대평가하고 있다고도 주장한다. 우리는 우리를 사회적, 신체적으로 규정하는 우리 자신에 대한 사실에 다양한 방식으로 항상 엮여 있기 때문이다. 우리는 우리가 어떻게 나아갈지에 영향을 미치는 구조 속에서 태어난다. 그리고 젠더, 피부색, 심리 상태, 신체 조건, 사회적 계급과 같은 온갖 다른 요소들이 여기에 작용한다. 우리의 신체는 우리 모두가 공통적으로 가지고 있는 것이다. 그리고 이 점에 대해서라면, 다른 동물도 마찬가지이다. 이것은 우리를 취약하게 만든다. 이 취약성은 떨쳐버리거나 지워버릴 수 있는 것이 아니다. 그것은 우리에게 가치가 있는 것들을 보여주고, 다른 이들을 만나는 시작이 될 수도 있다. 그 다른 이들은 우리와는 완전히 딴판이지만, 우리와 마찬가지로 언젠가는 죽을 것이며 이 세계에 뿌리를 내리고 있다.

2.
뒤틀린 나무들과
영혼의 형태에 대하여

우울증은 뇌에 영향을 미친다. 우울증이 있을 때에는 뇌의 앞쪽에 위치한 전전두엽의 활동이 줄어드는 것으로 나타난다. 전전두엽은 뇌에서 인지와 정서 기능을 조절하는 부분이다. 이 부분이 제대로 작동하지 않으면, 흥미의 감소, 집중력 저하, 사고력 감퇴, 괴로움이나 절망감이 나타날 수 있다. 우리의 기억력을 담당하는 기관인 해마의 크기도 줄어드는데, 이는 건망증으로 이어진다. 뇌의 중심부에 있는 시상의 기능에도 지장이 생긴다. 시상은 감각 자극을 처리하는 곳으로, 이곳의 기능에 차질이 생기면 불안과 흥분이 일어날 수 있다. 시상을 둘러싸고 있는 기저핵도 해마처럼 줄어들기 시작한다. 기저핵은 운동 작용을 조절하는 곳이므로, 기저핵이 줄어들면 행동이 느려질 수 있다. 우울증을 여러 번 겪은 노인은 같은 연배의 다른 노인에 비해서 해마가 더 많이 쪼그라들어 있다.[26] 따라서 만성적인 우울증은 뇌에 해롭고, 치매와 같은 노화 관련 질환에 더 취약하게 만들 수도 있다. 게다가 어린 나이에 처음 우울증을 겪었다면 그런 질환에 걸릴 가능성이 더욱 높아진다.[27] 우울 장애가 있는 사람들은 몸의 다른 부분에도 노화가 더 빨리 일어난다.[28]

우울한 사람의 뇌가 이렇게 변한다면, 그 영혼은 어떻게 변할까? 내가 말하는 '영혼(soul)'은 눈으로 볼 수 없는 불멸의 정령이라기보다는 루트비히 비트겐슈타인Ludwig Wittgenstein의 후기 연구에서 그의 생각과 비슷한 어떤 사람(someone)을 의미한다. 우리가 누군가에게 말을 하고 있을 때 그 말을 듣는 사람을 뜻하며, 의식이나 이성으로 환원될 수도 없고 순수하게 육체의 그림자도 아닌 자아(self)를 뜻한다. 오랫동안 철학은 사람들의 머리, 즉 추론을 할 수 있는 능력에 주로 초점을 맞추어왔다. 그러나 정신과 신체는 그렇게 쉽게 분리될 수 없다. 우리 뇌는 물질이고, 우리가 생각하는 것은 우리의 온몸이 존재하는 방식과 연관이 있다. 우리의 자아, 그리고 우리가 그 자아를 이해하는 방식은 우리가 살아가는 문화와 그 문화를 구성하는 재료에 의해서 형성된다.

가장 까만 검은색, 가장 하얀 흰색

사실, 비트겐슈타인 일가에는 꽤 우울한 일들이 있었다.[29] 비트겐슈타인의 네 형들 중에서 세 명이 자살을 한 것으로 여겨지지만, 셋째 형의 죽음은 정확한 사정이 밝혀지지는 않았다. (피아노 연주자인 넷째 형 파울은 제1차 세계대전 중에 한 손을 잃었는데, 그후에도 계속 연주를 함으로써 한 손으로도 빛을 발할 수 있다는 것을 보여주었다. 라벨Maurice Joseph Ravel은 그를 위해서 곡을 만들었고, 당대의 많은 주요 작곡가들도 그랬다.) 비트겐슈타인 자신도 힘든 시기를 겪었고, 그의 편지에는 때때로 깊은 절망의 증거가 드러난다. 제1차 세계대전 기간에 그는 전방으로 가기를 고집했는데, 이는 애국심 때문이 아니었다. 철학은 그를 행복하게 만들어주지 않았다. 그는 자신의 생각이 전혀 만족스럽지 않았고, 그의 기준은 자신이 염두에 두고 있는 것을 이루기가 불가능할 정도로 높았다. 그러나 어쩌면 그에게 철학과의 씨름은 그의 상황이 더 나빠지는 것을 방지하기 위해서 필요했을지도 모른다. 그의 광적인 열정은 우주의 모방을 시도한 하나의 체계인 『논리 철학 논고Logisch-philosophische Abhandlung』에서 가장 명확하게 드러나는데, 여기서 그의 시도는 당연히 실패한다. (이 책은 모든 철학 연구 중에서도 가장 감동적인 결론에 이르는 책들 중 한 권이지만, 그 이유를 이해하려면 책을 완전히 읽어보아야 한다.[30]) 그의 후기 작품에는 인간의 결점에 대한 연민이 더 잘 나타난다.[31] 그는 그가 현실을 해석하는 방식인 언어가 확고한 체계가 아니라는 것, 우리 자신의 불확실성을 담고 있다는 것을 문득 깨달았다. 언어도 우리처럼 미완의 것이고, 모순되거나 오류가 있을 때도 있고, 불분명하거나 비논리적일 때도 있다. 그러나 작동은 한다. 게다가 비트겐슈타인에 따르면, 어찌 되었든지 언어를 이해하고 싶다면 우리는 언어가 어떻게 작동하는지에 초점을 맞춰야 한다. 어떤 개념의 의미를 조사하고 싶다면, 우리는 사람들이 그 개념을 어떻게 사용하는지를 살펴보아야 한다.

우울증에 관해서 말하거나 글을 쓸 때, 사람들은 종종 그럴싸한 단어로 묘사한다. 내가 항상 혐오하는 것은 우울증을 괴물이나 악마나 동물에 비교하는 것이다(확실히 개를 비난하는 것은 말이 되지 않는다). 그리고 나는 검은색에 비유하는 것도 좋아하지 않는다. 이런 이미지가 상투적이기 때문이기도 하고, 내게 우울증은 뭔가가 있는 것이라기보다는 뭔가가 없는 것에 더 가깝기 때문이기도 하다. 가치 있는 것은 모두 서서히 벗겨져 나가고 맨 바위만 덩그러니 남아 있는 것이다. 불안과 슬픔은 종종 감정의 과잉을 일으킨다. 그러나 우울은 이와 대조적으로, 모든 것을 더 공허하게 만들고 부정적인 감정의 고삐를 풀어놓는다. 불안과 슬픔은 종종 신경을 써야 할 만한 것들과 연관이 있지만, 우울하면 모든 것이 부질없어 보인다. 우울은 아주 새까맣기는커녕 검지도 않다. 어쩌면 어둠일 수는 있다. 마치 세상에서 빛이 사라진 밤처럼, 주위가 더 위험해진 것 같고 자신이 어디에 있는지 잘 알지 못하게 되는 것이다. 낮보다 훨씬 더 조용하고, 무엇이 남아 있는지 잘 알 수 없다.[32] 만약 우울에 색깔이 있다면, 단연 회색이다. 그리고 때로는 흰색이다. 흰색은 침묵의 색이다. 얼음같이 차가운 색이고, 패배의 색이고, 아무것도 없는 색이고, 상실의 색이다. 만약 모든 색을 함께 섞으면, 그 부재가 분명하게 드러난다. 흰색은 눈의 색이기도 하고, 내 고양이 퓌시의 털색이기도 하고, 영원의 색이기도 하다. 영원은 내가 알고 있는 가장 아름다운 것의 일부이지만, 우리가 영원 속에 살 수는 없다. 흰 것에서는 아무것도 자라지 않는다.[33]

병마와의 싸움이라는 비유는 우울증과 관련해서도 더러 쓰이는데, 이 비유는 이미 엄청난 비판을 받고 있다. 아픈 사람에게 책임을 떠넘기는 것처럼 보이기 때문이다. 만약 나아지지 않으면 병과 열심히 싸우지 않은 것이 된다. 그러나 암이든 우울증이든, 나아지는 것이 환자와는 별로 상관이 없을 때가 종종 있다. 싸움처럼 느껴질 수는 있지만, 열심히 싸우는 것이 항상 결과에 영향을 미치지는 않는다. 계속 치료를 받고, 약을 먹고, 좋다는 일을 다 할 수는 있지만, 그래도 마음 깊숙이 불행이 남아 있을 수 있다. 우울증에 걸리는 것은 우연의 문제이다. 우울증이 얼마나 깊어질지, 그 우울증에서 벗어날 수 있을지, 다시 우울증에 걸릴지 역시 대개 우연의 문제이다. 다음 장에서는 우울증에 대처하기 위해서 할 수 있는 일들을 다룰 것이다. 그러나 궁극적으로 그것은 우리 자신이 어쩔 수 있는 일이 아니다.[34]

물론 비유가 쓸모없지는 않다. 우리 몸 안에 바다가 있다고 상상해보자. 우리가 발걸음을 옮길 때마다 그 바다가 움직이면서, 우리 몸이 물로 만들어졌다는 느낌을 온몸으로 느끼게 해줄 것이다. 우리는 물이 위험하다는 것을 알고 있다. 사람은 물에 빠지면 죽기도 하고, 우리는 바다 밑바닥에서는 살 수 없다. 계속 바다에서 살 수도 없고, 바다를 벗어날 수도 없다는 것도 알고 있다. 수위는 때로 높아졌다가 다시 낮아진다. 마치 밀물과 썰물 같지만, 그렇게 규칙적이지는 않다. 어느 날에는 물이 점점 차올라서 공황 상태에 빠지기 시작한다. 그러나 그 바다를 벗어날 수는 없다. 그 바다는 우리의 내면에 있기 때문이다. 당신의 눈가에 평소보다 눈물이 더 많이 차올라도, 당신의 외부에서는 아무도 그 바다를 볼 수 없다. 어딘가에 드러누워서 무작정 기다리면, 수위가 낮아져서 다시 움직일 수 있게 될지도 모른다. 하지만 누워 있으면 분명히 물에 잠기게 될 테니, 그러지 않는 편이 더 나을 수도 있다. 그 사이에 물이 더 차오를 수도 있고, 당신은 이미 한동안 숨을 참아왔다.

아니면 당신 자신의 죽음과 마주한 적이 있다고 상상해보자. 당신이 죽음을 바랐기 때문일 수도 있고, 당신이 죽음에 끌렸기 때문일 수도 있다. 죽음에 대한 물리적 감동 없이 자신의 죽음과 마주할 수 있는 사람은 아무도 없으며, 그때부터는 몸속에 어두운 그림자를 지니고 다니게 된다. 당신을 둘로 쪼갤 수 있다면, 그 얇고 검은 층이 눈에 보일 것이다. 바깥에서는 아무것도 보이지 않는다. 기껏해야 피부가 약간 창백한 정도일 것이다. 그러나 당신은 그것을 감지할 수 있다. 특히 지쳐 있거나 슬플 때에는 더 또렷하게 느껴지고, 이것이 결코 변하지 않으리라는 것도 알고 있다.

또는 숲속을 거닐고 있다고 상상해보자. 날씨는 화창하

다. 이곳에 처음 온 것은 아니지만 그렇게 자주 오지는 않았고, 당신은 가보지 않은 길을 선택한다. 길들이 어떻게 갈라져 있는지를 대략 알고 있기 때문에 별문제는 없다. 왼쪽으로 돌아서 다시 왼쪽으로, 그다음에는 오른쪽으로 방향을 튼다. 이제는 집으로 돌아가고 싶다. 그런데 뒤로 돌아서자, 어떤 길로 왔는지 기억이 나지 않는다. 아무 단서도 없다. 익숙한 나무 한 그루가 보인다고 생각하고 잠시 안도를 하지만, 이내 다른 나무인 것을 알게 된다. 점점 더 걸음이 빨라지기 시작한다. 한 시간 안에 날이 저물 것이다. 휴대전화는 신호가 잡히지 않는다. 나중에는 이 일이 재미난 이야깃거리가 될 것이라고 생각하면서, 스스로를 진정시키려고 애쓴다. 곧 있으면 다시 편안하고 아늑한 집으로 돌아가게 될 것이다. 춥지는 않다. 제시간에 집에 돌아가지 못해도 얼어 죽지는 않을 것이다. 사람들은 당신이 사라졌다는 것을 알고 찾으러 올 것이다. 그러나 엄청난 공포가 당신의 다리를 타고 올라와 몸속으로 스며든다. 당신을 둘러싼 공간이 점점 바뀌면서 더 커진다. 당신은 점점 더 작아진다. 나무 뒤에 이상한 사람이 숨어 있을 것만 같다. 작은 소리에도 예민해지고, 눈은 더 휘둥그레진다. 호흡은 가빠지고 심장 박동도 빨라진다. 숲의 향기는 더 이상 위안이 되지 않고 숨을 막히게 한다. 벌써 어두워지고 있다. 당신은 영영 집으로 돌아가지 못할 것이다. 항상 이 순간에 갇혀 있게 될 것이다.

점점 더 뒤틀리는

방해를 받지 않고 자라는 나무는 곧고 당당하게 서 있다. 처음에는 가지들이 위로 자라고, 그 다음에는 옆으로 자라다가 마지막에는 약간 아래로 자란다. 그래서 눈비를 맞으면 휘어질 수 있다. 그러나 대부분의 나무들은 살아가면서 어떤 일을 겪는다. 다른 나무가 쓰러지면서 덮치기도 하고, 눈이나 얼음의 무게에 짓눌려 가지가 부러지기도 하고, 곰팡이나 버섯이 자라기도 하고, 딱따구리나 딱정벌레가 나무줄기에 구멍을 내기도 한다. 이런 모든 일들을 겪으면서 나무는 형태가 변하고 흉터를 얻는다. 우리의 삶도 이와 비슷하다. 우리의 형태는 우리가 경험한 모든 일에서 비롯된 결과이다. 상처가 전혀 없는 사람은 아무도 없다. 줄어든 해마는 우리를 제한하지만, 정확히 어떻게 제한하는지는 더 전체적인 것에 달려 있다. 우울로 점철된 세월은 불에 그슬려서 부분적으로만 읽을 수 있는 일기장과 같으며, 다시 우울증이 찾아올지도 모른다는 두려움은 떠나가지 않는다. 그러나 어떤 사람을 규정하는 것은 이것만이 아니다.

수나우라 테일러Sunaura Taylor의 『짐을 끄는 짐승들Beasts of Burden』은 장애인과 비인간 동물에 대한 우리의 인식과 대우 방식 사이의 관계를 다룬 책이다. 이 책에서 테일러는 장애가 없는 삶을 바란 적이 없다고 언명한다.[35] 테일러는 몸의 관절이 정상적인 방식으로 붙어 있지 않는 병인 선천 다발성 관절 만곡증(arthrogryposis multiplex congenita, AMC)을 가지고 태어났다. 그는 장애로 인해서 인생을 독특한 관점에서 보게 되었고, 차이는 풍성함을 가져온다고 말한다. 만약 우리 모두가 똑같다면, 세상은 더 단조롭고 지루했을 것이다. 또한 그는 이것이 모두에게 반드시 옳은 것은 아니라고도 말한다. 육체적으로나 정신적으로 끔찍한 장애를 겪는 사람도 많고, 태어나지 않는 편이 더 좋았을 것이라고 생각하는 사람도 있다. 많은 우울증 환자들이 그런 생각을 한다. 반복적으로 우울증이 지속되고, 좋은 때보다 우울한 시기가 더 많은 삶에서는 목적을 찾기가 어렵다. 신체의 병이 몸을 망치듯이, 마음속에 자리를 잡고 있는 여러 복합적인 병들은 정상적인 사고방식과 저항력을 앗아간다. 그렇게 되면 더 이상 세상을 제대로 보지 못한다. 모든 사람이 이런 일을 견디면서 더 강해지는 것도 아니고, 모든 사람이 이런 일을 견딜 수 있는 것도 아니다.

그러나 테일러의 말처럼, 불운하고 고통스러운 경험이 인격 형성에 중요하고 특별한 인생관을 가지게 해주는 것도 사실이다. 나는 다른 누군가가 내 삶을 경험하기를 바라지 않으며(그중에서도 특정 시기는 절대 안 된다), 내 삶을 다른 사람의 삶과 바꾸고 싶지도 않다. 그 주된 이유는 내가 하는 일이 내가 경험하는 것과 깊은 연관이 있기 때문이다. 나는 규범을 벗어나는 것이 어떤 것인지를 알고(이는 광기의 영역에만 국한되는 것이 아니다), 고통을 겪는다는 것이 어떤 것인지를 안다. 이는 다른 이들의 고통을 이해하거나 받아들이는 데에 도움이 될 수 있다. 더 나아가, 우울증은 당신을 세상의 바깥에 있게 함으로써 조금 떨어진 곳에서 세상을 바라볼 기회를 준다. 이는 작가에게도, 철학자에게도 좋은 일이다. 그리고 자신만의 판단을 내리는 데에도 도움이 된다. 현 상태에는 많은 문제가 있으며, 스스로 생각할 수 있게 되는 것은 매우 중요하다. 나는 살아 있기 위해서 일에 몰두해야 했기 때문에, 다른 이들의 의견에는 꽤 면역이 되어 있다. 내 작품에 대한 찬사는 내게 자부심이 되어주지 않고, 칭찬의 말은 내게 큰 의미가 없다. (사실 그 반대도 그렇다. 나는 가장 비판적인 독자보다도 내 작품에 더 비판적이기 때문에, 악평도 내게 그다지 큰 영향을 주지 않는다.) 어쨌든 모든 것을 넓게 보아야 한다. 만약 죽음이 소파에 당신과 나란히 앉아 있다면, 그밖의 다른 모든 문제는 덜 중요해 보인다.

나는 우울증으로 내가 어떻게 바뀌었는지 정확히 알지 못한다. 그 전의 내가 어땠는지 잘 모르고('그 전'이라고 할 것도 별로 없었다), 우울증이 없었다면 내가 어땠을지도 확실히 모르기 때문이다. 프랑스의 탈구조주의 철학자 미셸 푸코Michel Foucault는 자신에 대한 돌봄을 하나의 도덕적 프로젝트라고 묘사했다.[36] 우리는 특별한 연습을 하고 특정 기술을 획득함으로써 우리 자신을 발전시킬 수 있고, 그 결과 어느 정도 자유를 얻을 수 있다. 이는 아리스토텔레스Aristoteles가 『니코마코스 윤리학*Ethika Nikomacheia*』에서 덕을 쌓고 인격을 형성하는 것이 일종의 훈련이라고 말한 것과 비슷하다. 아리스토텔레스에 따르면, 고결하게 행동해야 하는 것은 도덕 계율 때문이 아니다. 그렇게 함으로써 얻을 수 있는 큰 행복을 기대하면서 올바른 행동을 하는 것이다. 우리는 선해야 한다. 그리고 자주 선하게 행동하면 더 좋은 사람이 된다. 마찬가지로, 가끔씩 우울증이 오래 지속되는 삶을 살면, 우울증과 함께 살아갈 수 있는 사람이 될 수도 있다. 그래서 연습이 필요하다. 자신에게 일어나는 일에 대한 냉철한 태도와 계속 나아갈 수 있는 능력이 필요하다. 이에 대해서는 나중에 다시 다룰 것이다.

세상의 간극

많은 작가들이 일인칭 시점으로 그들의 우울증에 대한 글을 썼다. 앞에서 다룬 윌리엄 스타이런이 그랬고, 엘리자베스 워첼Elizabeth Wurtzel의 『프로작 네이션*Prozac Nation*』과 앤드루 솔로몬Andrew Solomon의 대표작인 『한낮의 우울*The Noonday Demon*』도 그런 작품이다. 이런 책들은 일종의 전쟁 보고서이다. 거기에는 '우리는 살아남았다'라는 영광스러움이 있지만, '언제든지 또다시 전쟁이 시작될 수 있으니 경계하라'는 불안함도 있다. 진짜 전쟁 보고서처럼, 이 작품들에도 잔혹한 세부 묘사가 빠지지 않으며, 반복적으로 나타나는 우울증의 지긋지긋함과 그 비참한 상태가 얼마나 시간을 느리게 흐르게 하는지를 충실하게 표현한다.

철학자 케빈 아호Kevin Aho는 우울증이 정확히 무엇인지를 이해하기 위해서는 이런 보고서가 중요하다고 주장한다.[37]

사람이 어떤 종류의 화학물질을 만드는지, 만들지 않는지를 판단하거나 그들의 행동을 관찰하는 것만으로는 불충분하다. 우울증의 경험을 이해하기 위해서, 그리고 더 나아가서 우울증을 치료하기 위해서는 우울증과 함께 살아가는 사람들의 말에 귀를 기울여야 한다. 그들의 이야기에는 우울증의 다른 면이 드러난다. 실제로 우울증을 앓고 있는 사람들의 개인적인 경험을 관찰함으로써, 아호의 우울증 조사방법은 현상학적 통찰에 기반을 두고 있다. 현상학은 개인의 직접적인 경험을 기반으로 경험과 의식의 구조를 조사한다. 현상학자들은 세계에 대한 우리의 가정을 괄호 안에 묶어두고, 사물이 우리에게 보이는 방식과 우리가 그런 것들과 어떻게 연결되어 있는지를 경험 자체를 통해서 탐구하고자 한다. 우울증을 이런 방식으로 조사한다는 것은 실제 경험에서부터 시작한다는 의미이며, 경험을 기반으로 그 이면의 구조를 탐색한다는 의미이다.

아호에 따르면, 우울증은 다양한 방식으로 정상적인 경험에 개입한다. 우울한 사람은 종종 마비되는 느낌을 경험한다. 그들은 삶에서 어떤 목적의식을 상실하고, 나머지 세상과 분리된 채 현재라는 수렁에 빠져 있다. 뿌리는 완전히 뽑히게 된다. 우울해진다는 것은 당신의 일상적인 환경과 그 안에서 기능하는 방식으로부터 당신을 완전히 차단하는 것이다. 그러면 계속 나아가기가 힘들어지고, 자신의 환경 속에서 저절로 편안함을 느끼는 당신의 생활−세계를 무너지게 한다.

당신의 습관들로부터 갑자기 멀어지는 감각과 그것들이 낯설게 느껴지는 경험을, 마르틴 하이데거Martin Heidegger는 인간의 본질로 본다.[38] 그는 공포나 따분함에 대한 평범한 경험과 그런 감정들을 더 깊이 느끼는 경험을 구별한다. 그런 경험은 우리의 존재 전체에 의문을 불러온다. 뭔가를 무서워하는 것이나 기차를 기다리는 동안 느끼는 지루함은 평범한 것이다. 그런 일은 누구에게나 자주 일어난다. 그러나 때로는 그런 경험이 문득 자신과 자신의 존재에 의문을 제기하기도 한다. 하이데거는 어떤 만찬을 예로 들었다. 술과 즐거운 대화가 오갔던 그 만찬에서, 그는 자신이 엄청나게 지루했다는 것을 나중에 깨달았다. 왁자지껄하고 유쾌한 사람들, 음식, 실내 장식, 관습과 예절처럼, 정상적인 삶의 일부이고 우리를 즐겁게 하는 모든 것이 이제는 스스로를 소외로 이끌었다. 그것들은 그에게 아무 의미도 없었다. 그것은 평범한 지루함이 아니었다. 모든 것이 사실상 무가치하다는 것을 보여주는 사르트르의 구토와 닮았다. 마찬가지로 보통의 두려운 감정은 더 깊이 자리 잡고 있는 공포와는 다를 수 있다. 그것은 존재 자체와 연결되어 있는 공포이고, 당신의 특별한 존재에 의문을 던지는 공포이다.

우울증도 마찬가지이다. 당신이라는 존재의 기반을 겨냥하고 있는 훨씬 더 거대한 무엇이다. 슬픔, 걱정, 피곤, 특정한 하루나 일주일 뒤를 생각하지 않는 일은 누구에게나 가끔씩 일어날 수 있는 일이다. 그런 감정이 우울증으로 인해서 생길 수도 있지만, 우울증 자체는 더 깊고 더 오래 지속된다. 우울증은 당신이라는 존재의 기본 구조에 영향을 준다. 당신과 세상과의 관계(다른 사람이나 동물과의 관계, 일과의 관계, 당신에게 삶의 의미와 목적이 되는 모든 것과의 관계를 의미한다), 자기 자신과의 관계(우울한 사람들은 더 이상 자연스럽게 자신의 모습을 일관되게 유지하지 못하고, 파괴적인 생각에 빠져버린다), 당신의 시간, 특히 미래와의 관계에 영향을 준다.

섬 되기

프랑스의 철학자 자크 데리다Jacques Derrida의 『야수와 군주La Bête et le Souverain』에서는 인간의 근본적인 외로움이 하나의 중심

주제로 다루어진다.[39] 이 주제에 관한 세미나의 마지막 강의에서, 데리다는 언제나 그렇듯이 우회적인 방식으로 그의 주제에 접근한다. 데리다는 하이데거의 작품 속 힘의 개념에 대해서 논한다. 그중에서도 특히 주권(主權)이라고 불리는 인간의 '자주적 지배'를 다루고, 로빈슨 크루소에 대한 이야기도 계속 반복적으로 나온다. 로빈슨 크루소는 그의 섬에서 자주적 지배를 하면서, 동시에 상황에도 휘둘린다. 데리다의 글에 따르면, 우리는 모두 섬에 있다. 모두 자신만의 특별한 세계가 있으면서, 동시에 다른 이들과 함께 지구라는 하나의 세계를 공유한다. 우리의 지배권이 대단한 것 같지만, 우리는 언젠가는 죽어야 할 존재이고, 이 점에서는 다른 동물과 다를 바 없다.

일반적으로 말해서, 우리는 모두 서로 별개의 존재임을 느끼거나 알고 있다. 우리는 서로에게 사로잡힌다고 말하지만 실제로는 결코 그럴 수 없다. 왜냐하면 다른 사람의 시점이나 육신이나 삶을 완전히 취하거나 파악할 수는 없기 때문이다. 그러나 한편으로는 당신은 항상 다른 이들과 함께 있다. 특별히 생각하지 않아도 자동적으로 그렇게 된다. 당신은 동료나 학교 친구들, 가족, 친지와 같은 가까운 사람들과 연결되어 있다. 당신은 사회적 맥락 속에 뿌리를 내리고 있으며, 그 사회적 맥락이 많은 마찰을 불러일으 킬 때조차도 당신은 그것을 당연하게 여긴다. 당신은 동료 와 이야기를 나누고, 이웃과 농담을 하고, 여동생에게 문자 를 보내고, 애인에게 전화를 걸고, 고양이를 안아준다. 이 런 모든 상호작용은 당신을 둘러싸는 하나의 막을 형성해 서, 외로움으로부터 당신을 보호한다. 그래서 내가 의미하 는 것은 외로움이라는 감정이 아니라 우리는 결국 혼자라 는 더 근본적인 실존적 인식이다. 우울증은 다른 이들과 이 어질 필요성을 빼앗을 뿐만 아니라(평소라면 따로 생각조차 하지 않을 일이다), 다른 이들에게 닿을 수 있는 끈을 만드 는 것도 불가능하게 만든다. 주위를 둘러볼 때, 다른 이들 과 어떤 것을 공유하는지를 보지 않고 무엇이 다른지만 보 게 된다.

우울해지면 즐겁게 하던 일들에 더 이상 감흥을 느낄 수 없고, 밖으로 나가서 활동하고 싶은 마음이 없어지고, 가깝 게 지내던 사람들과 관계를 유지하기가 어려워질 뿐만 아 니라 그런 관계의 유지에 더 이상 관심이 없어진다. 때로는 그런 일이 서서히 일어나기도 하고, 때로는 한순간에 갑자 기 들이닥치기도 한다. 내가 우울해질 때 가장 먼저 상실하 는 것은 사람들과 사귀고 가까이 지내는 능력이다. 그래도 세상은 한동안 그 자리에 있고, 동물들은 내게 위안이 된다. 그러나 그런 시점에 다른 사람들은 내가 (나 자신을 돌아보기 위해서) 필요한 거리에 영향을 준다. 만약 그들이 감정적으로 나와 얽혀 있다면, 나는 나의 진짜 상태를 그들에게 보여주지 못하고 나 자신을 감춰야 한다. 그러려면 에너지가 필요한데, 그 시점의 내게는 그럴 에너지가 없다. 그리고 그런 상황은 나를 더 공허하고 외롭게 만든다. 사람들과의 거리가 멀어질수록 나는 신경이 덜 쓰인다.

이것은 자기 강화(self-reinforcing)로 발전한다. 만약 당신이 다른 사람들과 연결되어 있다는 느낌이 없다면, 그리고 다른 모든 사람들(따뜻하고 알록달록한 것들이 있는 보통 세계에 살면서, 술 한 잔이나 초콜릿 두유를 들고 난롯가에 앉아 있는 사람)과 당신 사이의 간극을 메울 수 없다면, 당신은 다른 사람들과의 접촉을 피하기 시작할 것이다. 친구와 가족들은 우직하게 곁에 머물러줄지도 모르지만, 사회적 틀은 점점 더 약해지고 교류는 더 뜸해질 것이다. 우울한 사람은 그 거리가 더 멀게 느껴져서 다른 사람들과 더 거리를 두게 되고, 계속 그렇게 되풀이된다. 당신은 다른 이들에게 그 간극을 메울 수 없다고 말할 수는 있지만, 우울할 때에는 그 간극을 줄일 수가 없다.

여기에는 우울한 사람과 가깝게 지내야 하는 사람을 위한 교훈도 있다. 당신이 그들의 문제를 해결해주거나 더 나아지게 만들 수는 없다는 사실을 아는 것이다. 당신이 할 수 있는 일은 그 자리에 있는 것뿐이다. 집안일과 같은 현실적인 일들을 돕고, 필요할 때 다른 이들(의사, 심리학자)에게 도움을 청하거나 함께 산책을 나가줄 수도 있다. 상황이 나아지지 않거나, 당신의 개입이 도움이 되지 않거나, 때로 고맙다는 인사를 제대로 하지 않는다고 해도 화를 내거나 실망하는 반응을 보여서는 안 된다. 상황에 대한 걱정에 집중하지 말고 당신 자신도 돌봐야 한다. 당신이 여전히 즐겁게 할 수 있는 다른 일들이 아주 많다는 것을 잊지 말자. 차분하게 지내다 보면 지나갈지도 모른다: 언젠가는 지나갈 것이다. 그들 자신은 볼 수 없을지 몰라도 희망은 있다. (우울한 사람과 당신이 크게 가까운 사이가 아니라면, 당신이 도움이 될 수도 있겠지만 그렇지 않기가 더 쉬울 것이다. 당신과 그 사람을 연결하는 끈은 끊어지지 않을 것이다. 기껏해야 일시적으로 약해지는 정도이다. 당신과는 상관이 없는 일이고, 당신의 잘못도 아니다. 그리고 카드를 보내는 것도 괜찮은 생각이다.)

공허한 현재

우리는 대개 동시에 세 개의 차원에서 살아간다. 미래는 우리에게 방향을 제시한다. 저녁에 먹을 것을 사고, 누구와 약속을 잡고, 책을 쓸 계획을 세우게 한다. 과거는 우리에게 형태를 부여한다. 과거에는 이것이 저랬고, 지금은 그것이 이렇다. 기억은 우리가 지금 이곳을 이해하는 것을 돕는다. 어떤 감정은 예전의 감정과 같고, 지금의 나는 과거의 내가 점차 변화한 것이다. 그러나 현재는 우리를 지탱하고, 지금 우리가 한 발짝씩 걸음을 옮기게 해준다. 이렇게 우리는 앞으로 나아갈 수 있다. 그러나 우울한 사람은 자신의 현재와 단절되고 소멸되어간다. 활동은 이제 아무 의미가 없어 보인다. 일상에서 해야 하는 일들을 거의 할 수가 없다. 과거와도 단절된다. 과거의 그는 더 이상 진짜 그가 아니기 때문이고, 한때 그가 사랑했던 것들도 더 이상 중요하지 않아 보이기 때문이다. 그러나 아마 가장 중요한 것은 그가 미래와도 단절되어 있다는 점일 것이다. 할 만한 가치가 있는 일이 아무것도 없기 때문에 살아갈 이유도 없는 것이다. 우울할 때에는 무엇을 기대할 수 있다는 것이 얼마나 중요한지를 이해하게 된다.

시간의 차원들 역시 뒤섞인다. 미래는 지루하게 반복되는 현재와 비슷한 것으로 바뀐다. 운이 좋다면 하루의 길이 정도는 감지할 수 있지만, 그저 순간순간을 살아내는 경우가 더 많다. 과거는 이상한 소설 같은 것으로 변해서 평소보다 더 멀게 느껴진다. 한때 좋았던 일들도 있었지만, 어떻게 그랬는지를 이해하는 것은 불가능하다. 알고는 있어도 실제로 느끼지는 못한다. 우울할 때, 당신에게는 새로운 삶의 지도가 주어진다. 그 지도에는 과거에 일어났던 일들이 우울증의 맥락에서 다시 표현된다. 사건들에는 기억의 색이 입혀지곤 하는데, 그 반대 현상도 일어난다. 특정 순간에 당신이 느끼는 기분의 색이 기억에 덧입혀지는 것이다. 과거는 고착되어 있지 않고, 당신을 따라다니면서 괴롭힌다(그리고 지독한 스토커가 그렇듯이, 종종 모습을 바꾼다). 절망은 이전의 절망을 떠올리게 함으로써 절망을 강화한다. 이와 마찬가지로, 슬픔도 더 오래된 다른 슬픔을 끌어낸다. 과거의 사건들이 갑자기 전면으로 소환될 수도 있다. 그리고 우울할 때에는 항상 나쁜 일만 떠오른다. 좋은 일은 결코 떠오르지 않는다.

남아 있는 것은 공허한 현재뿐이다. 우리는 더 이상 시간의 흐름에 자신을 맞출 수 없다. 앤드루 솔로몬은 우울증을 영원함(timelessness)과 비슷하다고 묘사한다. 그 영원함 속에서, 과거와 미래는 이런 공허한 현재에 완전히 위압당한다. 더 나은 미래는 상상조차 할 수 없다. 기껏해야 과거의 좋았던 시절을 희미하게 기억할 수 있을 뿐이다. 이것이 우울증과 슬픔의 가장 큰 차이점 중 하나이다. 슬픔은 미래를 망가뜨리지만, 종종 과거는 온전하게 남겨둔다.

공허한 당신

당신에게는 미래뿐 아니라 살아갈 수 있기 위한 신뢰도 필요하다. 신뢰는 크고 작은 온갖 것을 위해서 필요하다. 진정한 관계를 맺으려면, 당신이 사랑하는 사람 역시 당신을 사랑한다고 믿어야 한다. 당신의 일에서 의미를 찾으려면, 그 일이 가치 있다는 느낌이 필요하다. 도로를 이용하려면, 함께 도로를 이용하는 사람들이 교통법규를 준수할 것이라는 믿음이 있어야 한다. 만약 자기 자신과 세상에 대한 기본적인 신뢰가 사라지고, 언젠가 더 나은 날이 올 것이라는 희망도 함께 사라지면, 움직이는 것이 거의 불가능해진다. 사랑하는 사람에게 속아본 적이 있다면, 사랑하는 사람을 다시 신뢰하는 것이 얼마나 어려운 일인지 잘 알 것이다. 자신에 대한 자신감을 잃는 것도 그만큼 힘겹다. 당신이 하는 거의 모든 일에는 당신 자신이 필요하다. 빈껍데기로 변한 당신의 몸은 우울한 와중에도 아마 통제는 될 것이다. 그런데 당신은 왜 귀찮고 괴로울까? 다른 이들이 당신을 여전히 한 사람으로 인식하는 것도 이상하고, 당신을 집어삼킨 어둠이 당신의 몸은 손상 없이 그대로 남겨둔 것도 이상하다.

● ○

너무 슬퍼서 아무 말도 못 하는

사람들은 대단히 큰 슬픔과 끔찍한 고통을 겪으면 (문화에 따라 다르지만) 정서의 극단적인 표출이 일어난다고 상상하고는 한다. 슬픔이 깊어지면 외적인 반응이 더 격렬해질 거라고 생각한다. 우울한 사람들 중에는 아주 사소한 일에도 눈물을 흘리면서 끊임없이 우는 사람도 있지만, 침묵에 사로잡히는 사람도 많다. 나는 후자에 속한다. 단순히 슬퍼도 그럴 때가 있고, 우울할 때에는 확실히 그렇다. 신체 언어는 단순해지고, 목소리는 힘이 없어지고, 반응은 작아진다. 이는 추우면 피부가 뻣뻣해지는 것에 비교할 수 있다. 외부에서 유래한 뭔가가 내게 들러붙는 느낌이다. 울어도 전혀 위안이 되지 않는다. 그저 지칠 뿐이며, 막막함만 느껴진다.

슬픔은 가시지도 않는데, 너무 깊기까지 하다. 네덜란드의 개념 미술가인 바스 얀 아더르Bas Jan Ader의 무성영화 「너무 슬퍼서 아무 말도 할 수 없어I'm Too Sad to Tell You」에서는 클로즈업된 그의 얼굴을 볼 수 있다.[40] 아더르는 눈물이 나게 하려는 듯이 손으로 눈가와 뺨을 문지르고 머리카락을 만지작거린다. 그러다가 이내 눈물을 흘리기 시작한다. 그의 표정은 괴로워 보이고, 동시에 거의 추상적이다. 그것은 리얼리티 텔레비전 쇼가 아니다. 그런 텔레비전 쇼에서는 우리 모두가 울 수 있는 온갖 종류의 사건들(구조된 개, 모든 역경을 이겨내고 다시 만난 사람들처럼 항상 사랑이나 죽음[의 극복]과 관련이 있다) 때문에 사람들이 눈물을 흘리지만, 아더르의 슬픔은 알 수 없는 원인에 의한 양식화된 슬픔이다. 우리는 아더르가 무엇 때문에 슬퍼하는지 모른다. 정확히 그 이유 때문에 그의 슬픔은 보편적 가치를 얻는다. 그러나 아더르는 그 영화의 표면적 특성 때문에 비판을 받았고, 심지어 저속하다는 비난도 받았다. 아더르의 진정성은 의심을 받았다. 그가 정말로 슬픈 것인지, 아니면 단순히 눈물을 짜내면서 연기를 한 것인지는 명확하지 않다고 말이다.[41] 그러나 이런 해석은 납득이 되지 않는데, 그 이유는 정서의 양식화된 특성 때문이다. 그의 영화는 경험을 추상화하고, 그렇게 함으로써 경험을 인위적인 것으로 만든다. 심하게 일그러진 그의 표정은 깊은 감정을 암시하지만, 우리는 그 이면의 이야기를 모르기 때문에 우리에게는 그 감정이 제대로 드러나지 않는다.

우울증은 종종 아무 이유 없이 찾아오기도 한다. 우울한 사람은 왜 자신이 이런 기분인지 이해하지 못하고, 외부 세계 역시 이해하지 못하고 이렇게 말한다. 이봐, 다시 봄이 왔어, 네 앞길은 창창해, 너는 참 똑똑하고 좋은 사람이야. 아더르는 이해할 수 없는, 무언의 감정으로 분리된 서로의 거리를 드러내고, 그 기이함과 깊이까지 보여준다.

파도

내가 앞에서 언급한 회고록을 쓴 작가들과 달리, 아더르는 그의 고통을, 아니 그의 고통이라기보다는 어떤 일반적인 고통을 언어를 이용하여 드러내지 않는다. 말하고 싶은 것을 결코 정확히 말할 수 없다는 점은 언어의 아름다움이자 어려움이다. 우리의 말은 언제나 과하거나 부족하다. 부족

한 까닭은 비트겐슈타인의 말처럼 단어는 이정표이기 때문이다(그리고 그 단어가 가리키는 사물이 아니다). 과한 까닭은 언어가 개인의 수준을 넘어서기 때문이다. 말에는 항상 온갖 문화와 사회적 의미가 함축되어 있고, 새로운 세계를 묘사할 수 있다.

우울증에 대한 회고록은 종종 그들이 사용하는 언어의 한계에 부딪힌다. 그들의 말은 큰 화제가 되어 전면에 놓인다. 그들의 목표는 그것이 얼마나 나쁜지를 보여주면서 정서적 반응을 이끌어내는 것이다. 섹스가 팔리듯이, 고통도 팔린다. 많은 독자들이 기꺼이 재난 관광객이 된다. 내가 말하고자 하는 것은 이런 회고록이 무의미하다는 뜻이 아니다. 그런 작가들은 그들이 겪은 우울증의 과정을 섬세하게 묘사함으로써 그들의 암울한 생각을 들여다볼 수 있게 해주고, 그런 설명이 없다면 이해할 수 없었을 행동에 대한 일종의 배경을 제공한다. 그러나 여기에서 언어 자체가 하는 역할은 없다. 언어는 오직 도구로만 쓰인다.

그러나 우울할 때 정확히 어떤 일이 일어났는지를 그들의 언어를 사용하여 보여주는 작가도 있다. 그 가장 훌륭한 사례들 중 하나는 버지니아 울프Virginia Woolf의 『파도The Waves』이다. 『파도』는 우울증에 관한 소설이 아니다. 그리고 『제이콥의 방*Jacob's Room*』이나 『등대로*To the Lighthouse*』, 심지어 『댈러웨이 부인*Mrs Dalloway*』도 체념의 느낌이 더 크다. 등장인물들은 시간과 씨름한다. 꿈과 사랑하는 사람의 상실, 충족된 욕망과 그렇지 않은 욕망에 대한 실망과 함께, 시간은 매끈한 밧줄처럼 그들의 손을 미끄러져 지나간다. 이런 소재는 부분적으로는 우울증에서 비롯된다. 울프의 등장인물들은 거의 항상 사물의 덧없음과 쓸쓸함을 아주 잘 알고 있다. 특히 여성들은 세상에 얽매어서 그들의 뜻을 마음껏 펼치지 못하곤 한다. 『파도』에서 언어는 경험의 파편을 따라간다. 또는 경험이 그 언어를 따라간다. 이 소설은 어둠 속에서 시작된다. "해는 아직 뜨지 않았다." 바다는 옷감의 잔주름 같은 파도로 인해 하늘과 간신히 구별될 뿐이다. 마지막 문장에서는 파도가 해안에 부서진다(파도는 계속 부서지지만 결코 부서지지 않는다). 그 사이에서, 인간의 삶도 파도처럼 밀려왔다가 밀려간다. 생각과 대화의 단편들이 수면 위로 올라왔다가 다시 사라진다. 모든 것들이 지나가고, 모든 것들이 끊임없이 새롭게 시작된다. 이 책은 우리에게 어떤 다듬어진 이야기나 우울증에 대한 사실들이나 삶의 무의미함을 전하지 않는다. 시간을 들여서 이 책을 읽은 독자들은 그들 위로 파도가 부서지는 기분을 전달받게 된다.[42]

당신이 얻은 형태

사람들은 그들의 삶의 여정을 헤쳐나가고, 우울증은 그 과정에 색을 입힌다. 우울증은 당신에게 색조를 더하고, 부분적으로 당신의 형태를 만든다. 우울증을 통해서 당신은 여느 때에는 멀리 떨어져 있는 것처럼 보이는 어두운 것이 실은 당신 안에 있다는 것을 배운다. 우리는 이미 어둠을 지니고 있다. 죽음은 당신의 몸 안에 있고, 때가 될 때까지 당신은 그 몸으로 살아간다. 우리는 어쨌든 유한한 존재이다. 끝은 아주 멀리 있는 듯하다가 갑자기 모습을 드러낸다. 사랑하는 사람이 죽거나 당신을 떠날 때면 그것을 이해하게 된다. 우울증은 그런 끝을 헤어나지 못하고 있는 당신을 감싸고, 시간을 얼어붙게 한다. 모든 것은 사라진다는 사실로부터 우리를 보호해주는 것은 보통 다른 이들(친구, 연인, 동물)과의 관계, 미래에 대한 계획, 그래도 아직 가치 있는 것이 있다는 느낌이다. 만약 이런 것들이 내가 위에서 묘사한 것과 같은 방식으로 사라진다면, 살아갈 수 없는 황량한 풍경만 남게 될 것이다.

진리는 우울한 사람이나 그렇지 않은 사람에게나 똑같이 옳다. 가치 있는 것은 있다. 모든 것은 지나가고, 무(無)

에서 와서 무로 사라진다. 모든 것이 허무하다는 그 가혹한 인식은 견디기 어렵지만, 더 피상적인 문제들을 멀리서 바라볼 수도 있다. 그리고 최악의 상황이 끝나서 바위 사이로 다시 식물이 조금씩 자라기 시작하고, 동물도 나타나고, 어쩌면 당신의 손을 잡아줄 누군가도 있다면, 당신의 우울증에서 나온 통찰은 당신이 방향성을 찾는 데 도움이 될 수도 있다. 만약 당신이 우울한 시기를 지나고 있다면, 당신은 아무 가치가 없는 것에 시간을 들이는 일이 낭비라는 것을 안다. 옷이든 음식이든 그 사람이 진심으로 좋아하는 것을 제외한 피상적인 것이나 거짓된 것들은 가치가 없다. 어쨌든 그렇게 되면 많은 사람들이 신경을 쓰는 듯 보이는 일들, 이를테면 겉모습이나 돈벌이나 실제보다 더 괜찮은 척하는 것 같은 일들과 기분 좋은 거리를 둘 수 있다. 정말로 중요한 것은 비중이 더 커진다. 당신이 그것들을 위해서 애써야 했기 때문이고, 그것들이 다시 중요해지기 때문이다.

지금 한동안은 괜찮다고 해도, 나는 내가 여전히 우울증에 민감한 사람이라고 생각한다. 아직도 약간의 우울함이 한 번씩 올라온다. (아니면 그런 우울함이 나의 일부일까?) 나는 나 자신과 내 삶에서 멀어지는 느낌을 곧잘 받고는 한다. 밤에는 가끔씩 뒤편에 숨어 있던 공포가 내 꿈속으로 들어와서 나를 깨우고 잠 못 이루게 한다. 그것은 피할 수 없는 것에 대한 공포이다. 반려견들은 죽을 것이고, 나의 부모님도 세상을 떠날 것이다. 궁극적으로 다른 생각이나 주장과 맞서 싸우기에는 이것은 너무 보편적인 감정이다. 이 세상은 끝날 것이다. 나는 지금 여기에 누워 있고, 모든 것은 이미 끝나가고 있다.

때로 해 질 녘이면, 나는 그림자 같은 옅은 검은색 층 아래에 있다. 마치 나와 다른 모든 것 위로 수채 물감이 한 겹 칠해진 것 같다. 나는 빛 속에 서 있지 않고, 그렇다고 어둠 속에 있지도 않다. 나는 빛과 어둠을 모두 볼 수 있다. 지금보다 더 나아질 수 있다는 것은 알지만, 뭔가 잘못되었고 정신을 바짝 차려야 한다. 나는 훨씬 더 나빠질 수 있다는 것도 안다. 나는 여전히 생각하고, 계획을 세우고, 움직일 수 있다. 이 단계에서는 반드시 달리기와 바깥 활동을 계속한다. 필요하다면, 생각들을 괄호 안에 넣어둔다. (이것은 내 생각일 뿐, 실제로 그렇지는 않다. 무슨 생각을 하는지는 중요하지 않다. 그냥 계속 나아가는 것이 중요하다.) 그리고 헛되이 버려지는 날들, 쓸모없는 날들이 있다는 것을 받아들인다. 그런 날들은 지나가고, 새로운 날들이 올 것이다.

나는 언젠가는 다시 우울해지리라는 것을 안다. 그렇지

않다면 매우 좋겠지만, 그런 기대는 하지 않을 것이다. 뭔가 나쁜 일이 생기면, 나는 마치 의사가 된 것처럼 내 마음 상태를 예의 주시한다. 지금 나는 어떤 기분인가? 이 고통은 누구 또는 무엇 때문인가? 하늘은 무슨 색인가? 색이 보이는가? 얼마 동안 이랬는가? 아침에 눈을 떴을 때 배가 살살 아플 때에도(신체적 원인으로 인한 복통과는 명확히 다르다), 똑같이 한다. 내가 무슨 생각을 하고 있는지, 어떻게 하면 이것을 떨쳐버릴 수 있을지, 가장 수월하게 그것을 견디는 방법은 무엇인지 따위를 생각한다. 삶과 자기 자신에게 익숙해지는 것의 중요한 일면은 잘 견딜 수 있는 법을 배우는 것이다. 사람들은 삶도 몸으로 익혀야 한다는 점을 과소평가하는 경향이 있다. 많은 사람들에게 삶은 곧바로 해낼 수 있는 뭔가가 아니고, 어떤 사람들에게는 결코 배울 수 없는 것이라는 점을 잊고 있다.

우울증에 대한 나의 민감성은 이런 일상적이고 현실적인 생각뿐 아니라, 내가 미래를 생각하는 방식에도 영향을 준다. 오랫동안 나는 아이를 가지고 싶지 않았다. 내 삶을 끝낼 권리를 지키고 싶었기 때문이다. 그냥 멈출 수 있다는 것이 유일한 위안이 되는 날들이 수없이 많았다. 내가 우울하지 않은 지금은 이것이 지나치게 과장되고 호들갑스러워 보인다. 하지만 내 마음 한켠에서는 다른 이들의 지레짐작이 여전히 불편하다. 사람들은 무슨 일이 일어나고 있는지에 대해서 말하고 쓸 수 있다면, 결국에는 극복도 할 수 있을 것이라고 생각한다. 꼭 그런 것은 아니다. 우울증은 은밀하고 조용하며 때로는 모든 것을 아우르는 느낌으로, 이론적으로는 나를 죽일 수도 있다. 나는 온갖 종류의 닻을 내리고 댐을 만들었으므로 지금은 꽤 안전하다. 그러나 여전히 일이 잘못될 수 있음을 알고 있고, 그것이 내가 나 자신과 내 삶을 이해하는 방식의 일부가 되었다는 것도 안다. 이것은 보기보다는 그렇게 나쁘지 않을 수도 있다. 우울증이 지속적으로 재발하는 사람을 살아 있게 하는 것이 훨씬 더 나쁠지도 모른다.

『윤리에 관한 편지*Letters on Ethics*』에서 세네카*Seneca*는 죽음에 대해서 다소 간결한 태도를 보인다.[43] 그는 중요한 것은 사는 것이 아니라 잘 사는 것이라고 말한다. 삶은 하나의 공연이고, 중요한 것은 얼마나 오래 지속되는지가 아니라 얼마나 고결한지이다. 죽음은 나쁜 것이 아니다. 우리는 무에서 왔고 무로 돌아갈 것이다. 태어나지 않는 것은 아무도 해치지 않는다. 따라서 죽음이 당신을 해칠까 두려워하지 않아도 된다. 그는 나쁜 삶보다는 죽음이 더 나을 수도 있다고 덧붙인다. 한술 더 떠서, 아무도 우리를 억지로 살게 하지는 않으므로 우리가 삶에 대해서 불평을 해서는 안 된다고 말한다. 우리가 앓고 있는 병이 언젠가는 지나갈 것인가? 그렇다면 우리는 그 병을 감내해야 한다. (우울증은 끝나지 않을 것 같고 우울할 때에는 하루하루가 너무 길지만, 우울증도 대개 지나간다는 것을 잊지 말자.) 그러나 만약 회복할 기회가 없다면, 우리는 문제를 스스로 해결해야 하므로 죽음을 찾는다. 세네카는 가장 힘든 상황에서도 어떻게든 죽음을 택한 사람들을 예로 든다. 한 노예는 전투 마차의 바퀴살 사이에 머리를 넣어서 목이 부러졌고, 다른 한 검투사는 해면이 달린 막대로 목구멍을 막아서 스스로 숨이 막혀 죽었다. 세네카가 제안한 것처럼 사는 것은 어렵다. 인간으로서 우리는 모든 것에 애착을 가지고 있기 때문이다. 애착을 형성하고, 그러기 위한 시간과 노력을 들이는 것이 중요하다. 그것이 잘 사는 방법의 일부이기 때문이다. 그러나 죽음도 삶의 일부라는 점, 그리고 죽음보다 더 나쁜 것이 있다는 점에 대해서는 세네카의 말이 옳다. 그는 "어떤 여행이든 도착지가 있다"고 해맑게 덧붙인다.

3.
광기의 이로움과
치유에 대하여

회전식 그네는 바닥과 천장에 축을 고정시키고, 그 위에 단순한 회전 장치를 부착해서 만든다. 우울한 사람은 그 축에 고정된 의자에 앉아서 몸을 구속하는 장치에 단단히 묶인다. 그런 다음 빙글빙글 돌기 시작하고, 회전 속도는 점점 더 빨라진다. 만약 이것이 환자를 조증 상태로 만든다면, 규칙적으로 멈추면서 회전시킬 수도 있다. 조지프 메이슨 콕스Joseph Mason Cox라는 의사에 따르면, 이 방법은 우울과의 싸움에 매우 효과적이었다.[44] 18세기 말과 19세기 초에는 이 그네가 다양한 곳에서 우울의 치료에 사용되었다.[45] 당시에는 몸에 초점을 맞춰서 증상을 치료했고, 아직까지 우울증은 순수하게 마음의 병으로 인식되지 않았다.[46] 회전식 그네와 함께, 음악도 도움이 되는 것으로 여겨졌다. 게다가 정신이상자를 위한 공연을 관람하거나, 심지어 직접 무대에 참여하는 것을 강요하기도 했다. 공포 유발도 하나의 치료법으로 받아들여졌다.

이런 방법 뒤에는 인간의 '동물적 영혼'에 대한 생각이 도사리고 있었다. 이런 생각에서는 우울함은 어둡고 칙칙한 것이었다. 우울증의 세계는 무겁고 춥다는 식의 생각은 히포크라테스Hippocrates의 연구에서 유래했는데, 그는 인간의 기질이 피, 가래, 검은 담즙, 노란 담즙이라는 네 가지 체액에 의해서 결정된다고 생각했다. 사람은 이 체액의 비율에 따라서 여러 유형으로 구분될 수 있었다. 피가 많은 사람은 활기차고 힘이 넘치거나 낙천적인 천성을 지녔다. 가래가 많은 사람은 침착하고 냉정했다. 노란 담즙이 많으면 화를 잘 내거나 성미가 까다로운 사람이 되었고, 검은 담즙이 많으면 우울한 사람이 되었다. 2세기 그리스-로마 시대의 의사인 갈레노스Galenos는 이런 체액이 뜨거움, 차가움, 축축함, 건조함과 연관이 있다고 생각했다. 그에게 검은 담즙의 과다는 차가움과 건조함을 초래했다. 인간의 기질에 대한 이런 생각은 19세기 중반이 되어서야 반박되기 시작했다.

『광기와 문명Folie et Déraison』에서 미셸 푸코는 정신질환에 대한 사람들의 생각이 근대가 시작될 무렵에 얼마나 달라지기 시작했는지를 보여준다. 근대 이전에는 우울함이 다채로운 인간 경험의 일부로 간주되었고, 다른 정신적 일탈도 마찬가지였다. 반드시 비이성적인 것으로 인식되지는 않았다. 그러나 근대에는 광기가 이성의 반대편에 놓이게 되었고, 우울함은 머리에 생기는 병이 되었다.

치료법은 광기에 대한 사람들의 생각에서 비롯되며, 앞선 사례에서 볼 수 있듯이 유행의 대상이다. 버지니아 울프는 우울증을 치료하기 위해서 치아 세 개를 뽑았는데, 그 치료법이 도움이 되지 않아서 훗날 후회를 하기도 했다. 나는 대화와 명상 형태의 치료법을 마음을 괴롭히는 문제에 대한 해답으로 보는 사회에서 성장했다. 어린 시절의 소녀 잡지에는 거식증, 경계성 인격 장애, 그밖의 다른 병에 관한 슬프지만 한편으로는 낙관적이고 유익한 기사와 개인적인 이야기들이 가득했다. 그들은 이런 병이 치료될 수 있다고 강조하면서, 당신의 문제에 관해서 이야기하고 도움을 구하는 것이 가장 좋다고 말한다. 신체적 증상에 대해서는 의사를 찾아가고, 심리적 불편 사항에 대해서는 지역 정신건강 연구소에서 외래 진료를 받으라고 권한다.

열네 살 때 우울증이 시작되면서부터 나는 점점 더 길을 잃어가기 시작했다. 우울증은 내 생각을 갉아먹고, 그 자리에 허무한 느낌만 남겼다. 그래서 나는 지역 정신건강 연구소에 알렸다. 그곳에서는 색이 바랜 행주 같은 분위기의 다정한 부인이 2주일에 한 번씩 내게 45분 동안 내 고통에 대해서 말하게 했다. 나는 그것이 무슨 상관이 있는지 전혀 몰랐고, 기분이 조금이라도 나아지는 느낌은 없었다. 나는 그 부인이 내 기분을 알거나 이해한다고 생각하지 않았고, 그 대화는 내 소외감을 줄여주기는커녕 고립감만 더 커지게 했다.

내 상태는 서서히 악화되었다. 나는 술을 많이 마셨고 거의 매일 밤 외출을 했다. 학교에 빠지는 날도 점점 더 많아졌다. 하루 종일 교실에 앉아 있을 수 없다는 단순한 이유 때문이었다. 먹는 것도 줄어들기 시작했다. 나 자신을 벌하기에 좋은 방법인 것 같았고, 나를 에워싸고 있는 감정을 통제할 수 있는 방법을 손에 넣은 기분도 들었다. 처음에는 꽤 효과가 있었다. 나는 조금씩 둔감해졌고, 내 생각은 하나에 집중되었다. 나는 끊임없이 내 몸을 확인하고 있었다. 체중을 쟀고, 손으로 손목과 허벅지 둘레를 가늠해보았다.

살 빼기는 의식적인 선택으로 시작할 수 있다. 그러나 진짜 저체중이 되면, 어느 틈에 균형이 흐트러지면서 체중

감소가 당신을 지배한다. 우울증은 한 사람의 생각을 장악하고 그의 환경에 색을 입히지만, 내게는 어떤 실존적 진실을 전달하는 것이었고 지금도 그렇다(때로 삶은 정말로 견디기 버겁다). 비록 옳지 않은 생각, 남들이 '미쳤다'고 할 만한 생각을 포함하고 있어도 말이다. 한편 섭식 장애가 내게 시키는 일들에 대해서는 나는 그것이 옳지 않다는 점을 이미 알고 있었다. 그래도 나는 그 일을 할 수밖에 없었다. 나는 내가 말랐다는 것을 아주 잘 알고 있었다. 너무 말랐고, 점점 더 말라가고 있었지만, 그래도 아직 충분히 마르지 않았다. 나는 내게도 다른 사람들처럼 존재할 권리가 있다는 것을 아주 잘 알고 있었다. 그러나 아직은 그 권리를 가지지 못했다. 나는 내가 천천히 무익하게 죽어가고 있다는 것을 아주 잘 알고 있었다. 그러나 그것은 불가피했다.

'미쳤다'는 것에 대한 내 생각은 대충 다음과 같다. 다른 이들이 보는 세상과 살아가는 세상은 아직 그 자리에 있는데, 그것이 더 이상 내 세상은 아닌 것이다. 세상과 나 자신의 경험 사이의 거리는 나의 광기를 나타낸다. 그런 거리는 내 경험의 탓은 아니다. 내 경험은 그냥 거기에 있을 뿐이다. 다만 그 경험과 내가 실제로 옳다고 알고 있는 것이 일치하지 않기 때문이다. 다른 사람들의 생각과 내가 미치지 않았을 때에 했을 법한 생각으로 평가할 때, 나는 그것이 광기임을 안다.

광기의 한 요소는 내가 더 이상 내 것이 아닌 생각을 가지고 있다는 것이다. 나는 그런 생각을 비판할 수도 있고, 때로는 그 생각을 하는 동안에 다양한 감정에 휩싸이기도 한다. 공포에서부터 깊은 우울감까지 아우르는 그 감정은 정상적인 행동을 불가능하게 만들 정도로 강렬하다. 일례로 나는 내가 죽어야 한다고 생각한다. 그래야 할 이유도 없고 그럴 필요도 없다는 것을 알고는 있지만, 정말로 그런 생각이 든다. 어떤 느낌인지를 설명하자면, 공황발작이 좋은 본보기이다. 당신을 쫓는 대형 포식자도 없고 심연에 빠지고 있는 것도 아닌데, 과도한 경계를 하는 것이다. 가슴이 철렁 내려앉는 느낌이 들고, 숨이 가빠지고, 소름이 돋고, 횡격막에서 공포감이 올라온다. 이런 발작은 갑자기 당신을 덮치는 폭풍과 같다. 당신은 몸을 사리면서 그것이 끝나기만을 기다려야 하지만, 생명에는 아무 지장이 없다. 그것은 과도하고 어리석고 불필요한 경험이다. 세상에서 당신을 닭털 뽑듯이 뽑아냈다가 나중에 제자리에 되돌려놓는 느낌이다. 그러면서 당신은 간단히 회복될 수 있는 몸이니 조금 망가져도 괜찮다고 말하는 것 같다.

광기는 사랑에 빠지는 것에 비유할 수 있다. (17세기에는 상사병이 광기의 징후로 간주되었다.) 실제로 사랑에 빠지면 꽤 낯선 무엇인가에 사로잡힌다. 당신은 다른 이에게 속해 있는 세계를 얻고, 자신의 예전 세계를 잃는다. 당신은 자신의 생각과 감정을 빼앗긴다. 당신의 생각과 감정은 더 이상 당신에게 친숙하지 않고, 조종하기 어렵거나 불가능하다. 제멋대로 끊임없이 사랑하는 대상에게로 향한다. 당신의 삶에서 주변부에 있던 누군가가 갑자기 삶의 중심이 되어서 속절없이 당신을 끌어당긴다. 당신은 그 감정에 굴복하거나 맞서 싸울 수는 있지만, 그 감정을 떨쳐버릴 수는 없다. 그래도 충분히 오랫동안 무시하면, 저절로 사그라지기도 한다. 사랑에 빠지거나 약물에 중독되는 것은 우리의 외부에 있는 다른 것이나 다른 사람에게 초점을 맞추기 때문에 광기와는 당연히 다르지만, 우리가 얼마나 다양한 방식으로 자신을 책임질 수 없는지를 보여준다.

광기는 당신이 자신을 신뢰할 수 없다는 것을 의미한다. 자신의 나침반이 되어줄 수 있는 것은 오직 자신뿐이다. 만일 그 나침반이 계속 빙글빙글 돌기만 한다면, 당신은 어느 방향으로 걸어가든지 목적지에서 점점 더 멀어지게 될 것이다.

바우터르 퀴스터르스Wouter Kusters는 그의 책 『광기의 철학 Philosophy of Madness』[47]에서 미쳤다는 것을 달리 생각할 필요가 있다고 강하게 주장한다. 그가 사용한 '광기'라는 용어는 정상에서 벗어나거나 편협해진 생각이라기보다는, 특정 정신병(psychosis)의 발현을 의미했다. 그는 정신병을 어떤 확장으로 인식했다. 정신병은 대부분의 사람이 경험하는 현실에 의문을 제기하고, 현실을 사실상 뒤집어엎는다. 그러나 정신의학 담론에 만연해 있는 생각처럼, 정신병을 열등한 것으로 치부해버리면 그 안에 담긴 지혜와 풍성함이 감지되지 않는다. 퀴스터르스의 말은 정신병에 걸려도 아무 문제가 없다는 뜻은 분명히 아니다. 다만 그것이 인간의 상태에 대해서 그 자체의 통찰을 제공하는 경험이라는 것이다. 그는 최근에 그에게 발병한 정신병이 개인적으로는 재앙이었지만, 그의 책에는 축복이었다고 서술한다.

퀴스터르스에 따르면, 정신병은 환자의 현실을 뒤바꿔놓아서 그 사람이 아니라 세상이 변한 것처럼 느끼게 만든다. 우울할 때에도 세상이 제대로 보이지 않지만, 그 방식이 조금 다르다. 우울한 사람은 내향적으로 바뀌는 반면, 정신병을 앓는 사람은 (예를 들면 편집증이나 과대망상 때문에) 바깥 세계에 지나치게 관심을 기울이게 된다. 정신병의 아주 멋진 일면은 우울증이 없다는 점이다. 그리고 퀴스터르스가 묘사한 풍성함, 그의 관점으로는 약물을 통해서도 경험할 수 있는 세계의 확장은 내가 경험한 우울증에는 사실상 없다. 나의 우울증은 모든 것이 더 황량해진다. 퀴스터르스가 묘사한 초현실적 상황(그리고 그에 따른 소외)은 확실히 알 수 있고, 당신의 경험과 다른 이들의 경험 사이의 괴리도 인식할 수 있다. 그러나 우울증은 당신에게 겨울 풍경을 보여주지만, 정신병은 한여름이다. 적어도 퀴스터르스의 묘사에서는 그렇다.

천천히 사라지는

그래서 나는 몇 년 전까지 이 세계의 한 귀퉁이에 있는 어떤 세계에서 맴돌았다. 그곳은 걷기와 자전거 타기와 가끔씩 사과를 먹는 것에 대한 이상한 규칙에 의해서 통제되는 세계였다. 나의 거식증은 먹는 것이나 체중 감소와는 상관이 없었고, 효과적인 소멸 방법이었다. 훤히 보이는 곳에서 말 그대로 소멸되는 것이다. 극도로 마른 몸은 사람들의 관심을 끌고, 행인들의 눈에 당신을 환자처럼 보이게 만든다. 그러나 동시에 그것은 가면이다. 뼈와 가죽만 남은 몸은 익

명이 된다. 그 형체는 사라지고, 그 안에 있는 사람은 환자가 된다. 그러나 내 목적은 조금 다른 종류의 소멸이었다. 먹지 않으면 거의 모든 경험이 음식과 몸에 대한 생각으로 환원되기 때문에, 다른 문제로부터 주의를 돌리는 효과적인 방법이 된다.

프란츠 카프카Franz Kafka의 「단식 광대Der Hungerkünstler」는 먹지 않는 행동이 직업이 된 사람의 이야기이다. 그 인물은 단식을 매우 자랑스러워한다. 그는 그가 찾아가는 모든 도시에서 40일 동안 굶는다. 그는 더 오래 단식을 이어가고 싶어 하지만, 그후에는 대중이 흥미를 잃어버린다. 그의 단식은 밤낮으로 감시를 받는다. 서술자의 말처럼, 이상하게도 종종 정육업자들이 감시를 한다. 그를 가장 짜증나게 하는 것은, 그가 원한다면 몰래 먹을 수 있도록 밤에 그에게 등을 돌리고 앉아서 카드놀이를 하는 사람들이다. 그들은 그가 먹고 싶어하지 않는다는 것을 믿지 않는 것이다. 때로 그는 노래를 부른다. 가능한 한 오래 부르려고 하지만, 그러면 그를 감시하는 사람들은 그가 노래를 하면서도 먹을 수 있는 재주를 부린다고 생각한다. 단식이 끝나고 다시 먹을 수 있게 되면, 공개적인 식사를 축하하는 자리에서 그는 노래를 부르면서 음식을 먹는다. 그는 정말로 내키지는 않지만,

흥행주들의 강요로 어쩔 수 없이 그렇게 한다.

단식 광대는 이곳저곳을 전전하며 세월을 보내다가 한 서커스단에 들어간다. 그곳에서 그는 철장 속에 갇혀서 원하는 만큼 오래 단식을 한다. 대중은 처음에는 그를 신기하게 쳐다보다가도 금세 호랑이나 코끼리로 발걸음을 옮긴다. 그러나 어느 시점에 이르자, 사람들은 그를 잊는다. 이 이야기의 마지막 장면에서는 그를 돌보는 사람조차도 그의 존재를 잊는다. 누군가 철장 안을 청소하러 들어와서 그를 발견했을 때, 그는 그 관리자에게 사람들이 자신을 보고 감탄하는 것이 정말 좋았다고 말한다. 그러더니 이제는 사람들이 그에게 감탄하기를 바라지 않는다고 말한다. 그는 마침내 사람들에게 자신은 좋아하는 음식을 찾지 못했을 뿐이라고 말하는데, 그 사이 단식을 잘한다는 자부심은 그의 눈에서 모두 사라져버린다. 다른 사람들은 무관심하다. 일반 대중도, 나중에는 서커스단 단원들도 그가 단식을 하든지 말든지 진정으로 관심을 가질 수 없다. 심지어 그의 존재조차도 관심이 없다. 단식은 중독이다. 다른 중독과 마찬가지로, 그 뒤에 있는 사람을 폐인으로 전락시킨다. 단식 광대는 단식에 어떤 숭고한 것도 없다는 것을 깨닫지만, 이미 너무 늦었다.

이 이야기에서 카프카가 보여주듯이, 당신이 단식으로 얻는 것은 아무것도 없다. 단식은 성과가 있지만, 장기적으로 보면 다른 모든 것을 잃는다.[48] 게다가 거식증은 본질적으로 극히 지루하다. 항상 같은 일을 하고 있지만, 결코 만족스럽게 잘할 수는 없다.

나중에 나는 거의 잠을 이루지 못했다. 몸은 충분한 연료를 공급받지 못하면 비상 대기 상태로 들어간다. 등뼈가 너무 많이 튀어나와 있으면 누울 때 정말 아프고, 튀어나온 등뼈는 하나의 기다란 멍이 된다. 매트리스에 누워도 고통스럽다(그리고 마찬가지로 앉을 때에도 엉덩이뼈가 아프다).

페르난두 페소아Fernando Pessoa는 『불안의 책Livro do Desassossego』에서 그가 잠을 잘 때 들어가는 세계가 진짜 세계이고, 깨어 있는 일상의 삶은 그것이 희미하게 비치는 형상에 불과하다고 말한다. 단조롭고 불행한 낮 동안의 무의미한 목표들은 숨이 막히고, 그것에서 탈출할 유일한 진짜 기회는 우리의 꿈속에 있다. 꿈은 이 세계 속에 있는 또다른 세계이다. 거식증을 앓던 시절, 내가 겨우 잠이 들었을 때 꾸는 꿈들은 내 일상을 그대로 복사해놓은 것 같았다. 나는 꿈속에서 턱을 꽉 다물고 씹는 동작을 하곤 했다. 몇 번은 베개에 노란 물만 토해놓은 다음, 뭔가를 먹는 꿈을 꾸기도 했다.

내 어머니의 친구에게도 거식증에 걸린 딸이 있었는데, 한 번은 그 딸이 잠결에 너무 배가 고파서 자신의 귀마개를 먹은 다음 다시 토해냈다. 음식에 대해서 그렇게 반응하도록 그의 몸이 길들여졌기 때문이다. 탈출은 불가능하다. 내 몸이 내 감옥이기 때문이다. 늘 그런 것은 아니었지만, 낮 동안 나는 대체로 두려움을 속으로 억누르고 있었다. 그러나 밤에는 공포가 밀려와서 서서히 나를 죽이고 있었다. 때로는 공포를 떨쳐버리기 위해서 한밤중에 밖으로 나가기도 했다. 밤에는 운하가 아주 조용하다. 물닭들은 물가의 갈대밭에서 까딱거리고, 오리들은 둑 위에서 깃털 속에 부리를 파묻고 앉아 있었다. 나는 묵묵히 한 걸음씩 발걸음을 떼었고, 시간이 흐를수록 도로는 나를 다른 곳으로 옮겨놓았다.

그런 밤이 낮으로까지 스며들기 시작했다. 나는 걷고 자전거를 탔지만, 나 자신이 내 손가락 사이로 새어나가는 것을 막을 수는 없었다. 내 심장은 이상하게 뛰었고, 내 손발도 등뼈처럼 멍이 들었다. 존재하는 신체 속에서 존재하지 않는 것은 고통스럽다. 나는 항상 추웠고, 항상 배가 고팠다. 거식증에 걸리면 배가 고프지 않다는 것은 거짓이다. 그 시기에 나는 1년 동안 철학과 음악을 공부하며 보냈지만, 기억이 나는 것은 별로 없다. 그로부터 10년 후에 다시 철학 공부를 시작했을 때, 내가 당시에 열 개의 과목을 통과했다는 사실을 처음으로 알았다. 내가 기억하는 것이라고는 한 과목을 다시 들어야 했다는 것뿐이었다. 나는 그 좋은 성적을 전부 잊었다.

신체적으로도 바닥이었다. 나는 몸을 덥혀보려고 욕조에 몸을 담갔는데, 너무 아파서 앉을 수가 없었다. 벌거벗은 채로 욕실 안에 서서, 문득 내가 정말로 죽어가고 있다는 생각이 들었다. 나는 팔을 그었고, 의사에게 항우울제를 처방받았다. 그리고 이후 몇 주 동안 부모님과 나는 좋은 정신과 의사를 찾았다. 섭식 장애 전문의인 그는 병원에 입원해야 할 것 같다고 말했다. 내게도 좋은 생각인 것 같았다. 섭식 장애와 함께 살아가는 것은 매우 짜증나는 일이었고, 나도 더 이상 이렇게 살고 싶지 않았다. 그래서 몸이 나아지는 것과 죽는 것 중 하나를 선택해야 했다.

스무 살 생일이 지나고 몇 달 후, 나는 레이드센담에 있는 전문병원에 입원했다. 가족들은 내가 먼 여행이라도 떠나는 듯, 나를 그곳까지 데려다주었다. 차는 내 책과 옷가지와 카메라로 빈틈이 없었다. 나는 나만의 이불도 가져가야 했다.

치료소

치료소는 중정을 둘러싸고 있는 사각형 건물이었고, 내 방에서는 그 중정이 내다보였다. 침대 옆 창문 아래에는 라디에이터가 있었다. 처음 며칠 밤은 라디에이터 때문에 잠자리가 부대꼈고, 나는 이번이 마지막 기회라는 생각에만 집중했다. 나는 집단 치료를 받았는데, 내가 속한 집단은 모두 여덟 명이었다. 이런 종류의 치료는 나아질 희망이 있는 사람들을 위한 것이었다. 만성 환자는 치료소의 다른 곳에서 개별적으로 치료를 받았다.

첫째 날에는 아직 치료에 참여하지 않았다. 나는 다른 신입 환자인 G와 함께 치료소 부지 내에 있는 의료 센터로 보내졌다. 나중에 우리는 G에게 유령(Ghost)이라는 별명을 붙여주었다. G는 내 이름은 묻지 않았지만 내 체중은 물어보았다. 그와 함께 걷는 일은 즐거웠다. 리비르뒤넌 정신건강 관리국에 속해 있는 이 치료소 부지 안에는 몇 동의 건물이 있었다. 그 건물들 중에는 다른 정신적 문제를 겪는 사람들이 지내는 곳도 있었지만, 체육관과 식당과 실내 놀이터도 있었다. 길가에 줄지어 서 있는 나무들은 멋진 위용을 자랑했다. 부지 한 모퉁이에 있는 우리의 건물 앞으로는 물이 흐르는 도랑이 있었고, 뒤로는 풀밭이 있었다. 의료 센터에서 혈액을 채취하고 심전도 검사를 받았다. 우리 둘은 함께 걸어서 돌아왔다. G가 계속 쓰러졌기 때문에 나는 그를 두 번이나 부축해야 했다.

다양한 종류의 요법으로 이루어진 치료는 체중을 늘리려는 시도와 연관이 있었다. 우리는 일주일에 1킬로그램이 '늘어야' 했다. 만약 두 번 실패하면 그곳을 떠나야 했다. 체중 증가에 대한 규칙이 지나치게 혹독해 보일 수도 있겠지만, 너무 마른 사람에게는 치료가 무의미하다. 그 사람은 더 이상 그 자신이 아니다. 심신이 겨우 살아 있는 상태일 뿐이다. 저체중일 때의 당신은 근본적인 문제들을 이성적으로 논의할 수는 있지만, 감정은 죽어 있다. 게다가 이미 고착된 식습관을 바꿀 필요가 있고, 그러기 위해서 거식증 환자는 식욕에 대한 억제에서 벗어나야 한다. 정상적인 섭식과 섭식 장애 사이의 어중간한 방식은 타협과 계산을 유지할 뿐이다. 만약 심각한 섭식 장애가 있다면, 입원은 쓸데없이 사치스러운 행동이 결코 아니다. 집에서 자신의 섭식 유형을 돌아본다는 것은 대단히 어렵다. 그 광기가 시작된 곳이 바로 집이기 때문이다. 다양한 치료를 받는 중간중간, 나는 동료 환자들과 중정에서 담배를 피웠다. 금연은 권장 사항이 아니었다. 내가 담배를 끊은 것은 훗날 다시 노래를 시작했을 때였다.[49] 그 중정에서 동료 환자들과 나눈 대화는 세상으로 돌아오는 문턱을 더 쉽게 넘을 수 있게 해주었다. 내가 무엇을 하고 있었는지, 그것이 왜 말도 안 되는 것이었는지를 나는 그들을 통해서 알 수 있었다. 그래서 이런 형태의 광기에 대해서 이야기를 나누는 것, 다른 이들도 같은 일을 겪고 극복했다는 것을 아는 것은 유익할 수 있다. 그러나 모두가 성공하는 것은 아니다. 환자의 약 45퍼센트는 완치되고, 30퍼센트는 부분적으로 호전되고, 20퍼센트는 차도가 없다. 많은 거식증 환자들이 그들의 고통에 유착되어 있다. 고통이 그들의 정체성의 일부가 된 것이다. 어쩌면 그 이유는 대개의 사람들이 한 개인으로서 자신을 표현하는 법을 배우는 시기인 사춘기에 거식증이 주로 시작되기 때문일 수도 있고, 거식증을 벗어나서 바깥 생활을 하는 것이 사실상 거식증을 멈출 수 있는 유일한 방법인데 거식증으로 인해서 그것이 너무 힘들기 때문일 수도 있다. 거식증을 이겨내고 살아야 할 이유, 그 병을 포기해야 할 이유는 분명하다. 섭식 장애는 다른 정신질환에 비해서 상당히 치명적이다. 네덜란드에서는 거식증 환자의 5-10퍼센트가 신체 상태의 악화나 자살로 사망한다.[50]

치료소에서는 날마다 모두 모여서 그날의 기분을 이야기하는 아침 모임으로 하루를 시작했다. 그후 오전 시간과 오후에는 창의 치료, 개별 심리 치료, PMT(psychomotor therapy, 심리운동 요법. 환자의 신체와 환자의 관계에 초점을 맞추는 정신운동 치료), 운동(수영이나 핸드볼), 집단 가족 치료와 같은 특별한 종류의 치료가 예정되어 있었다. 우리는 외출을 하기도 했다. 한번은 암스테르담에 갔고, 한번은 카페 겸 술집에 가서 칵테일을 마시기도 했다. 창의 치료는 다양한 과제를 하는 사람들이 모여 있는 일종의 공작실을 상상하면 된다. 미래에 대한 콜라주를 만들기도 하고, 잡지 사진을 이용하여 이상적인 몸을 구성하기도 하고, 자유 과제를 하기도 하고, 자화상을 그리기도 한다. 나는 그곳에서 큰 그림을 많이 그렸다. 제법 마음에 드는 그림들이 있었는데, 나중에 거실 벽장에 넣어두었더니 곰팡이가 슬어버렸다. PMT는 주로 (발가락, 종아리, 무릎에 관심을 집중하는) 명상으로 시작했다. 우리는 거울 보기 같은 것도 했다. 동료 환자와 거울 앞에 서서 상대의 몸이나 자신의 몸을 보고, 보이는 대로 묘사하는 것이다. 거식증의 광기는 자신의 모습을 왜곡하는 것에서도 찾을 수 있다. 거식증 환자는 자신의 몸이 정상적인 몸에 비해서 훨씬 더 뚱뚱하다고 생각한다. 그런 이유 때문에 영상 녹화도 이루어졌다(황금색으로 몸을 칠했던 기억이 나는데, 창의 치료에서였는지 PMT에서였는지는 잘 모르겠다). 동료 환자들과 테라스나 흡연실에서 대화를 할 때를 제외하고, 내게 가장 중요한 치료는 인지 치료와 심리 치료였다.

인지 행동 치료 : 도구로서의 논리

인지 행동 치료는 긍정적인 생각과 부정적인 생각의 분리에 초점을 맞춘다. 마음속 잡초는 효과적으로 뽑아내야 한다. 그 시작은 상황, 생각, 감정/행동이라는 세 부분으로 이루어진 도표를 만드는 것이다. 각각의 특정 상황이 어떤 비이성적인 생각을 유발하고, 그 생각에 따라서 감정과 행동이 나온다는 발상이다. 생각을 바꾸면 감정과 행동도 바뀔 것이다. 바람직하지 못한 생각에 도전하는 방법은 두 가지가 있다. 그 진릿값에 의문을 제거하거나 그런 생각이 효과가 없다는 것을 증명하는 것이다. 이런 바람직하지 못한 생각의 예로는 나는 쓸모가 없다, 모두 내 잘못이다, 나는 나쁜 사람이다, 나는 없는 편이 낫다 등의 생각을 들 수 있다. 섭식 장애의 경우에는 나는 뚱뚱하다, 나는 굶어야 한다는 생각도 있다. 당신이 이런 종류의 생각을 하고 있을 때, 만약 당신이 심각한 저체중이라면, 그런 생각이 사실일 리 없다는 것을 깨달아야 한다. 이런 생각들은 해로울 뿐만 아니라 아무 도움도 되지 않는다는 것을 이해하는 것이 좋다.

인지 행동 치료는 거식증과 관련해서는 정말로 도움이 되었다. (사실 거식증은 매우 데카르트적인 병이다. 거식증 환자는 신체를 정신과 분리된 것으로 보고, 정신이 신체를 억제하고 징계하고 조절해야 한다고 생각한다.[51]) 거식증에 수반되는 생각들, 이를 테면 내 몸과 내 체중에 대한 생각, 먹어도 되는 것과 그렇지 않은 것에 대한 생각들은 완전히 사라졌다. 한동안은 그런 생각들이 마치 유령처럼 불쑥 나타나곤 했지만, 결국에는 사라졌다. 나는 살아남았고, 거식증에서 벗어나기 위해서 나 자신을 단련했다.[52] 이런 사고방식은 우울증에도 도움이 된다. 무용한 생각을 괄호 속에 집어넣을 수 있으면 나쁜 시기를 보낼 때에 유용하다. 내 자신의 가치를 평가하기에 내가 항상 적격은 아니라는 교훈을 얻기도 했는데, 그렇다고 내가 대단히 자기 비판적이라는 사실이 바뀌지는 않았다.

섭식 장애의 이면에 있는 망가진 생각들은 완전히 사라지지는 않는다. 내가 대체로 사실이 아니라고 여기는 그런 생각들(나는 나쁘다, 모든 것이 내 잘못이다)은 내가 피곤하거나 슬프거나 외로울 때면 다시 나를 찾아오는데, 그러면 나는 그 생각들을 괄호 속에 집어넣을 수 있다. 그리고 나서 지금은 내가 이런 생각을 하지만 나중에는 바뀌리라는 것을 알 수 있다. 나는 그저 피곤하거나 슬프거나 외로울 뿐이며, 이런 상황이라면 그런 생각들을 하는 것도 납득이 된다고 말이다. 그 생각들은 나에 대해서는 아무것도 알려주지 않고, 내 생각이 어떻게 작동하는지만 알려줄 뿐이다. 적어도 보통은 이런 식으로 돌아간다. 생활과 생각이 둘 다 산산조각이 나서 서로 뒤얽히고 검은 실타래가 되어 내 주위를 맴돌 때는 이 기술이 크게 효과가 없다. 그러면 잠을 설치기 시작하고, 잠을 잘 자지 못하면 더 이상 균형 잡힌 시각으로 사물을 바라볼 수 없다. 그 다음에는 부정적인 생각이 내 안에 자리를 잡는다. 그리고 그런 생각을 내 감정으로 바꾸거나, 내 감정을 그런 생각으로 바꾼다. 그 다음에는 곰팡이가 자라기 시작한다. 그 곰팡이는 처음에는 내 기쁨을 흐릿하게 만들고, 그 다음에는 내 논리 감각을 무디게 하고, 그렇게 모든 것을 뒤덮다가 결국에는 온 세상을 안개 속처럼 뿌옇게 회색으로 바꿔놓는다. 그런 일이 일어나면, 나는 전투 상태로 바뀐다. 이 상태에서는 규율과 질

서가 가장 중요시된다. (마리나 아브라모비치Marina Abramovic
는 그의 삶에 대한 다큐멘터리 영화 「아브라모비치와의 조우
The Artist is Present」에서 자신을 군인으로 묘사한다. 나도 군인이 된
다.) 다른 사람들과 만나는 것이 힘겹기 때문에 약속은 취
소해야 한다. 그러나 달리기, 반려견과의 산책, 일은 해야
한다. 때로는 글을 읽을 수조차 없지만, 그래도 일은 더디
게라도 해야 한다. 다른 선택권은 없다. 만약 그것들을 놓
아버린다면, 나는 사라지고 말 것이다.

그런 상황에서는 내 생각이 옳지 않다고 생각하는 것만
으로는 아무것도 해결되지 않겠지만, 시간은 벌 수 있다.
바람직하지 못한 생각을 괄호 속에 집어넣으면 잠시 짬이
생긴다. 그리고 결국에는 사물을 제대로 판단할 수 있게 될
것이다. 그러나 모든 것이 점차 회색으로 변해가면, 생각을
괄호 속에 집어넣기만 해도 이미 대단한 일이다.

생각과 현실을 다루는 이런 방식은 철학이라는 학문과
연관이 있다. 철학자들은 옳다고 믿는 생각을 비판적으로
검토함으로써 좋은 생각과 그렇지 않은 생각을 구분하고,
개념을 명확히 하고, 진리에 더 가까이 가기 위해서 노력한
다. (요즘에는 확고하고 궁극적인 진리는 없고, 더 좋거나 나
쁜 주장만 있다고 가정하곤 한다.) 철학에서는 자신의 생각

으로 세상을 이해하려고 하는 데에 비해서, 행동 치료에서는 긍정적인 생각과 부정적인 생각, 또는 건설적인 생각과 그렇지 않은 생각을 구별하는 법을 배운다. 이것이 철학과 행동 치료의 큰 차이점이다. 인지 치료는 세상보다는 그것을 생각하는 사람 자신과 연관이 있다. 기본적으로 진실에 초점을 맞추는 것이 아니라 무엇이 효과가 있는지에 초점을 맞춘다. 실제로 실용주의 철학자들은 철학도 같은 방식으로 작동한다고 생각한다. 우리는 어떤 것이 무엇과 같은지를 밝혀내려고 해서는 안 된다. 우리는 그것이 어떻게 작동하는지만 알 수 있을 뿐, 무엇인지는 결코 알 수 없기 때문이다.[53]

치료로서의 대화

일반적인 인지 치료와 행동 치료는 이야기에는 덜 집중하는 편이다. 우리의 이야기는 우리의 생각과 행동의 정서적 기반을 형성하고 지탱하며, 심지어 바꿀 수도 있다. 심리 치료에서는 정확히 이런 것을 다룬다.[54] 사건들, 몸에 축적된 역사와 이야기들은 마음을 뒤흔들고 항상 마음의 한 요소를 형성한다. 우리는 그런 배경을 기반으로 우리가 하는 행동과 그 이유를 이해한다. 행동과 생각의 훈련은 인간에게나 다른 동물에게나 모두 매우 유용하지만, 우리는 이해와 의미를 갈망하는 위치에 있는 존재이기도 하다.

지크문트 프로이트는 심리 치료에서 이야기가 지닌 의미의 중요성을 처음으로 지적한 인물 중 한 사람이다. 그는 「슬픔과 멜랑콜리아*Trauer und Melancholie*」(1917)라는 짧은 논문에서, 두 상태의 차이를 다룬다. 여기에서 멜랑콜리아는 오늘날 우리가 우울증이라고 부르는 것과 다소 비슷하다. 프로이트의 의견에 따르면, 멜랑콜리아와 슬픔은 둘 다 상실의 경험을 기반으로 하는 깊은 심리적 고통의 형태이다.[55] 그러나 슬픔은 특정 사건에 대한 정상적인 반응으로 여겨지는 반면, 멜랑콜리아는 병리학적인 것으로 간주된다. 프로이트는 멜랑콜리아의 치료를 위한 기반으로서, 이 둘을 비교해서 실제로 멜랑콜리아가 무엇인지를 이해하고자 했다.

프로이트에 따르면, 슬픔과 멜랑콜리아는 다음과 같은 공통적 특징이 있다. 깊은 실의에 빠지고, 외부 세계에 대한 흥미를 잃고, 사랑할 능력을 잃고, 모든 활동이 억제된다. 멜랑콜리아의 경우, 그는 여기에 초라한 자기상(self-image)과 벌을 받을 것이라는 예상을 추가한다. 슬픔은 사랑하는 사람이나 어떤 이상이나 그밖의 다른 공고한 대상이 사라졌을 때에 느낀다. 멜랑콜리아도 상실이 특징이지만, 정확히 무엇을 잃었는지는 불분명하다. 이런 상실은 그 사람의 정체성 일부를 지워버리고, 죽음에 대한 바람과 초라한 자기상을 표출시킨다. (프로이트의 말에 따르면, 사실 초라한 자기상은 항상 부당하며 매우 이상한 일이다. 정말로 자신을 의심해야 하는 사람이 아니라, 가장 유능한 사람이 종종 그렇게 느끼기 때문이다.) 슬픔의 경우에는 세상이 텅 비어버리는 반면, 멜랑콜리아의 경우에는 자아(ego)가 텅 비어버린다. 이에 대해서 프로이트는 멜랑콜리아가 있는 사람도 아마 사랑하던 것의 상실을 겪었겠지만, 이 경우에는 그 상실의 아픔이 내면을 향하게 된 것이라고 설명한다. 그 결과 성적 충동(libido)은 자아 속으로 숨어버리고, 상실 대상은 자아 그 자체로 들어간다. 따라서 상실 대상을 애도하고 유대관계를 끊는 과정을 거치면서 새로운 현실을 위한 자리가 만들어지는 것이 아니라, 자아와 그 상실을 동일시하고 그런 동일시가 고착된다. 이는 자아도취적 행동이며, 우울함이 특징인 자아의 상실로 이어진다.

프로이트는 우리 인간이 대체로 우리의 잠재의식, 즉 우리가 자아를 통해서 억제한 욕구에 의해서 조종된다고 생각했다. 어린 시절에 일어난 사건들이 억압되면, 이것이 문제를 일으킬 수 있다는 것이다. 그래서 정신분석학에서는 환자와 치료사가 함께 그 환자를 괴롭히는 사건을 밝혀내려고 노력한다. 상담은 자주 이루어지고, 주로 환자가 말을 한다. 환자의 꿈도 논의 주제가 된다. 프로이트의 발상은 지금까지 다양한 각도에서 비판을 받아왔다. 그의 방식은 충분히 과학적이지 않다고 인식되었다. 그 이유를 예로 들어보면, (그의 치료로 효과를 보았다고 말하는 사람들이 아주 많기는 하지만, 치료 효과를 객관적으로 측정할 수 없고) 치료사와 환자의 관계가 너무 권위적으로 여겨지고, 무의식에 대한 생각 전체가 꾸며낸 이야기처럼 보이기 때문이다. 그러나 이런 비판이 모두 맞는다고 해도, 프로이트가 훌륭한 작가라는 사실과 그의 작품이 여전히 읽을 가치가 있다는 점에는 변함이 없다. 그는 강력한 이야기꾼이고, 잠재의식과 같은 개념을 도입함으로써 정신에 대한 우리의 생각에 깊은 영향을 주었다. 게다가 대화를 함으로써 누군가를 낫게 하는 데에 도움을 준다는 발상은 무엇보다도 뛰어난 장점 중의 하나이다.

대화를 치료로 이해하기 위해서는 언어가 우리의 환경과 우리 자신에 대한 개념에서 중요한 역할을 한다는 점을 인정해야 한다. 경험과 현실 사이의 관계는 일반적으로 다음과 같이 표현된다. 우리의 경험은 지극히 내밀하고 개인적인 것이지만, 우리는 언어라는 수단을 통해서 그 경험을 다른 사람에게 전달할 수 있다. 우리가 사용하는 단어는 우리 주위의 사물, 감정, 관계 따위를 가리킨다. 그러나 그것은 오해의 소지가 있는 그림이다. 나는 당신에 대한 내 감정을 언어로 묘사할 수는 있지만, 그 언어가 그 감정과 같은 것은 아니다. 실제로 일어나는 일과 그것에 대한 언어는 결코 완전히 일치할 수 없다. 언어는 고양이가 아니라 고양이의 이미지이고, 그와 동시에 그 고양이를 다시 묘사할 수 있는 가능성을 우리에게 준다. 그 토대가 되는 것은 그 고양이의 냄새, 콧잔등의 보드라운 털, 그 이전의 다른 고양이들, 그 고양이의 털 색, 그 고양이가 고개를 들고 당신을 바라보는 방식이다. 수천 개의 작은 조각들은 저마다 무엇인가를 나타낸다. 책을 읽거나 이야기를 듣는 사람들은 저마다 그 조각들을 자기만의 방식으로 연결한다. 언어는 사람과 사람을 이어주기도 하고, 사람들을 갈라놓기도 한다. 마치 우리의 피부와 같다. 구사할 수 있는 단어가 더 많은 사람이 다른 이들에 비해서 정서적으로 더 풍성한 삶을 사는 것은 아니지만(음악도 언어만큼 풍부하며, 다른 언어는 다른 방식의 표현을 제공하고, 많은 동물들이 인간의 말과는 다른 형식의 언어를 가지고 있다), 아마 그들은 감성적인 삶을 해석하고 그것에 의미를 부여하기에 좋은 더 다채로운 팔레트를 가지고 있을 것이다.

『철학 탐구*Philosophische Untersuchungen*』에서 비트겐슈타인은 정신적 경험은 사적일 수 있지만, 언어는 항상 필연적으로 공적이라고 말한다. 사적인 언어를 말하는 것은 불가능하다. 따라서 언어는 우리의 경험을 다른 사람들에게 묘사하기 위한 구조 틀일 뿐 아니라, 우리 스스로 그 안에서 경험을 형성해야 하는 테두리이기도 하다. 우리는 음악이나 이미지를 생각할 수는 있지만, 어떤 사건이나 이미지가 구체화되는 방식은 늘 우리가 어릴 때에 배운 언어 안에서 일어난다. 「세상은 하나의 단어이다*De wereld is een woord*」[56]에서 파트리시아 드 마르텔라에르는 그렇게 때문에 우리는 항상 다른 이의 말을 통해서, 즉 이미 존재하는 문화를 통해서 세상을 본다고 말한다. 단어는 사물을 곧이곧대로 가리키지 않는다. 문화적 차원에서도 언어가 만들어지기 때문이다. 한 그루의 나무를 나무로 보기 위해서는 사실상 다른 구조일 수도 있는 식물들을 모두 하나의 범주로 묶어야 한다.

그러므로 사건과 감정들에 대해서 말하는 것은 단순히 그것들을 파헤치거나 눈으로 보는 것보다 훨씬 큰 의미를 가진다. 그렇게 함으로써 이미 일어난 일을 재구성할 수 있다. 그리고 당연히 대화는 이미 시험과 검증을 거친 철학적 방법이다. 일찍이 소크라테스Socrates는 다른 이들과의 토론을 통해서 진실을 찾았다. 그러나 치료라는 맥락에서 볼 때, 나는 치료사와 환자가 항상 진실을 찾아야 하는지는 잘 모르겠다. 더 정확히 말하자면, 나는 치료 과정에서 진실이 꼭 필요한 요소라고 생각하지 않는다. 이를테면, 행동 치료에서는 효과가 있는 생각을 토대로 앞으로 나아가는 것이 그 생각이 완전히 옳은지를 조사하는 것보다 더 중요하다. 그러나 대화 치료에서는 진실을 찾는 것이 중요한 역할을 한다. 마치 준비된 대본이 있는 것처럼, 또는 형사처럼 진실을 찾아내거나 폭로한다는 느낌이 아니라, 실제로 무슨 일이 있었는지를 알아낸다는 느낌이다. 어떤 것이 실제 과거와 들어맞고, 당신의 생각에 어떤 우여곡절이 있었는지를 알아낸 다음, 때로는 그것을 바로잡기도 하고, 때로는 그것을 활짝 펼쳐보기도 한다.

나는 변치 않는 진정한 자아가 있고, 그것을 되찾아야 한다는 말을 하려는 것이 아니다. 영성에 관한 강의에서는 '당신의 자아를 찾아서' 또는 '진정한 자아 찾기'와 같은 구호를 내걸고 광고를 하기도 하는데, 이런 구호의 토대가 되는 것은 잃어버린 진짜 핵심이 있다는 생각이다. 물론 수많은 사람들이 그들에게 좋지 않은 관계나 일, 또는 다른 행동에 얽힌 각양각색의 불행 속에서 살아간다. 그럴 때에는 사물에 대해 숙고하거나 야외 활동을 하면 좋아지는 데에 도움이 될 수도 있다. 그러나 새롭게 태어나기나 탄트라 운동을 통해서 진정한 자아를 발굴할 수 있다는 생각은 낭만적이고 구식이며, 사실상 정적인 특성이 있다. 우리는 항상 움직인다. 그리고 우리 자신을 새롭게, 다르게 이해할 수 있고 그로 인해서 변할 수도 있다는 점은 모든 종류의 성장에서 가장 중요하다. (영적인 요행을 바라는 사람이 되지 않는 것도 중요하다. 올바른 요법을 찾기만 하면 그들의 불행이 사라지고 마침내 진정한 자신이 될 수 있으리라고 생각하는 사람들이 있다. 그러나 불행은 삶의 일부분인 반면, 요법도 중독으로 바뀔 수 있고 종종 하나의 소비문화로 표출되기도 한다.) 행복에 대한 권리를 가지고 있는 사람은 아무도 없고, 누구도 억지로 행복해질 수는 없다. 문제는 행복이 반드시 추구할 만한 가치가 있는가 하는 점이다.

나는 다양한 치료사들에게 대화 치료를 받아왔다. 치료는 열네 살 때부터 스물한 살 때까지 이어졌고, 그후에도 한번씩 받아왔다. 그리고 어느 시점에는 특정 생각들이 어디에서 유래하는지를 알게 되었다. 그 위치가 표시된 지도는 새로운 사건의 영향을 받아서 계속 변하지만, 나는 그 지도를 위에서 내려다보면서 어느 정도 거리를 두고 내 행동을 바라볼 수 있다. (이런 이유 때문에 어떤 면에서는 누구에게나 치료가 유익하다.) 대화는 위안이 되고 기억의 형태를 다시 만들어주며 자신과 자신에 대한 생각을 조율하게 해줄 수도 있지만, 언제까지나 효과가 지속되는 만병통치약은 아니다. 다시 필요할 수도 있고, 때로는 아무 도움이 되지 않을 수도 있다. 생각은 기계처럼 고칠 수 있는 것이 아니다. 이해가 반드시 변화를 이끌어내지는 않는다. 어떤 특성과 성향은 좀처럼 바뀌지 않을 수도 있다.

다른 이들과의 평범한 대화조차도 정신적인 문제를 겪는 사람들에게는 항상 쉽게 할 수 있는 일이 아니지만, 목표로 삼아야 할 중요한 것으로 언급되고는 한다. 우울증이 찾아왔을 때에는 정말로 열심히 일을 해야만 그저 자신의 기본적인 삶을 유지할 수 있고, 친구나 가족들과 이야기를 하는 것은 그들의 슬픔, 공포, 걱정, 불신에 대응해야 하기 때문에(그리고 불신은 가장 대응하기가 쉽다) 오히려 상황을 악화시킬 수 있다. 그리고 때로는 말 그대로 대화가 불가능하다. 우울증으로 인해서 세상과 단절되고, 모든 것은 생기를 잃고 냉랭해지기 때문이다. 절망에 빠져 있을 때에는 그것과 맞서 싸우면서 약을 먹기 시작하거나 다른 일들을 하는 것이 중요하다. 그러나 당신이 어떤 상태인지를 다른 이들에게 이야기하는 것이 항상 가능한 것은 아니다. 우리는 서로에게, 심지어 자기 자신에게도 그렇게 하기를 기대할 수 없다.

약과 사회정의

나는 내가 열여덟 살이 될 거라고는 전혀 생각하지 않았지만, 시간은 저절로 흘러갔다. 그리고 그 중요한 시점은 나를 이전보다 더 불행하게 만들었다. 그래서 나를 상담한 의사가 떠올린 생각은 내게 항우울제(세로자트[Seroxat]라는 상품명으로 알려진 파록세틴[paroxetine])를 처방하는 것이었다.[57] 처음에는 별 효과를 느끼지 못했다. 상황이 나쁠 때에는 상황이 나쁘기 때문에 계속 약을 먹었고, 상황이 좋아졌을 때에는 만약 약을 중단하면 다시 나빠질까봐 두려워서 계속 약을 먹었다. 스물네 살이 되었을 때, 꽤 오랫동안 모든 것이 괜찮았기 때문에 나는 투약을 중단했다. 몇 달 동안은 어지럽고 매스꺼웠지만, 대체로 내가 더 나 자신처럼 느껴졌다. 나는 더 이상 어린아이가 아니었으므로, 그것은 새로운 나 자신이었다. 나는 사랑에 빠지고 또 사랑에 빠졌으며, 끊임없이 피아노를 쳤다. 피아노는 내가 느끼고 있는 것을 다른 무엇보다도 잘 표현할 수 있게 해주었다. 이 세계에서 내 자리를 찾는 데에는 약이 확실히 도움이 되었지만, 어쩌면 나는 약이 없어도 같은 길을 따라갔을지도 모른다. 내가 아는 것은 일단 약을 끊자 색깔들이 더 선명해졌다는 것과 더 많이 느끼고 더 많이 원했다는 것이다. 그리고 나는 다시 전의를 얻었다. 어둠의 가장자리를 갈아내는 동안에 나의 공격성도 함께 갈려나갔던 것 같다.

항우울제와 다른 정신과 약물들은 화학적 광기를 억제하고 바로잡을 수 있다. 그 약물들은 많은 이들의 목숨을 구하고 있다.[58] 그러나 모든 이들에게 효과가 있는 것은 아니며, 심각한 부작용이 나타날 수도 있다. 2017년, 네덜란드에서는 100만 명 이상이 항우울제를 복용했다.[59] 대단히 많은 수였고, 이에 대한 논의도 많이 이루어졌다. 이런 종류의 약물이 너무 쉽게 처방된다고 주장하는 정신과 의사도 있는 반면, 이런 약물의 사용을 특별히 선호하는 의사도 있다. 최근 영국에서 11만 6,000명 이상을 대상으로 수행된 대규모 연구를 통해서 증명된 바에 따르면, 항우울제는 효과가 있다.[60] 모두에게 항상 효과가 있는 것은 아니지만, 확실히 생명을 구한다. 우울증을 한 번도 경험해보지 않은 사람은 그 안개가 걷혔을 때의 안도감을 상상할 수 없을지도 모른다. 우울증은 말 그대로 당신을 마비시킬 수 있고, 어떤 사람에게는 화학물질이 그 마비를 없애줄 수 있다.

그런 약이 기적의 치료제라는 말이 아니다. 『우울 : 공적인 감정*Depression: A Public Feeling*』에서 안 츠베트코비치Ann Cvetkovich는 사회문화적 차원에서 우울증을 조사한다.[61] 츠베트코비치는 약이 개개인에게 도움이 될 수는 있겠지만 우울증의 해결책은 아니라고 생각한다. 그 이유는 인종 차별, 식민주의, 신자유주의, 자본주의와 같은 우리 사회의 측면이 특정 집단에서 우울증을 유발하기 때문이다. 때로는 그런 연관성을 쉽게 확인할 수 있다. 만약 당신이 다수에 의해서 열등하다고 여겨지는 소수의 일부라면, 당신은 자신의 이미지를 내면화하기 시작할 수 있다. 이를테면, 성소수자 청소년의 경우는 또래에 비해서 우울증을 더 많이 앓고 자살을 훨씬 더 많이 시도한다.[62] 그리고 최근 연구에서 밝혀진 바에 따르면, 흑인은 뉴욕[63]과 영국[64] 모두에서 이와 비슷한 영향을 받는다. 우울증과 열등감은 유전적 수준에서도 다음 세대로 전달될 수 있다.[65] 이는 큰 문화적 외상을 입은

희생자들의 다음 세대는 심리적 부담감을 안고 태어날 수 있다는 의미이다. 그런 심리적 부담감은 공포나 심리적 안정감이나 소속감에 대해서 그들이 배운 것과는 상당히 동떨어져 있다. 2013년에 발표된 한 연구에 따르면, 아프가니스탄은 인구 1인당 우울증 수준이 전 세계에서 가장 높았고, 중동과 북아프리카 국가들이 그 뒤를 바싹 따랐다.[66] 우울증은 다른 집단을 돕는 특정 집단의 사람들에게도 영향을 줄 수 있다. 하루하루 비인간 동물의 고통을 마주하는 동물권 활동가들은 동정과 공감을 느끼는 능력이 감퇴하는 동정심 피로감이 생길 수 있다.[67] 한편 미국에서는 수의사가 다른 사람들에 비해서 우울증에 걸릴 확률이 1.5배 더 높고 자살 충동을 3배 더 많이 느낀다.[68] 우울증은 개인의 경험에 영향을 주지만, 치료를 할 때에는 그 개인만 보지 않는 것이 중요하다.

츠베트코비치에 따르면, 우울증을 병으로 보고 개인의 치료를 강조하는 우리의 행태는 사회문화적 과정이 우울증을 유발한다는 점[69]을 감추고, 약물은 종종 일시적인 지혈 작용에 불과하다. 그가 생각하기에는 그렇게 많은 집단의 사람들이 이유 없이 불행할 리는 없다.[70] 만약 우리가 구조적 개선에 대해서 생각하고 싶다면, 적어도 이런 사회문화적 과정들을 살펴보아야 할 것이다. 게다가 우울증 치료를 위한 서구의 개인적인 접근방식이 별로 효과가 없는 집단도 있다. 그 이유는 이 모형에서 시작점으로 삼고 있는 특정 종류의 인간이 일종의 원자와 같은 소비자이기 때문이다. 그 소비자는 약을 먹음으로써 얻을 수 있는 이상적인 이미지를 보여준다. 이런 모형은 사람이 단순히 소비자가 아니라 항상 다른 이들과의 관계 속에 있다는 사실을 무시하는 것이다. 게다가 문화적 차이도 무시한다. 따라서 미친 것과 건강한 것에 대해서 우리가 생각하는 이미지를 비판적으로 보는 것이 옳다.

호전?

그 자신도 스무 살 학생 시절에 우울증을 앓았던 푸코는 『광기와 문명』에서 광기라는 개념과 그 반대에 해당하는 정상 또는 합리성이라는 개념이 어떻게 생기게 되었는지를 보여준다. 이 개념은 생물학적 실재에 기반을 둔 것이 아니라, 온갖 역사적 과정에 의해서 구체화된 문화적 현상이다. 앞에서 다루었듯이, 고대 그리스 시대와 그후로 오랫동안은 광기가 인체의 네 가지 체액의 불균형에서 비롯된다고 생각했다. 이를테면, 검은 담즙이 과하면 실의에 빠지게 된다고 간주되었다. 중세에는 이 개념에 인간의 영혼에 깃드는 악마들이 추가되었다. 이후 르네상스 시대에는 그 시기의 미술, 음악, 문학에 드러나듯이, 한동안 멜랑콜리아가 유행했다. 이런 유행은 영국에서 특히 두드러졌다. 이 시기 내내, 광기는 그 사람의 상태에 대해서 우리에게 무엇인가를 알려줄 수 있는 인간 경험의 일면으로 인식되었다. 그러나 계몽주의 시대에는 인간에 대한 우리의 생각에서 이성이 중심을 차지하게 되었다. 광기는 이성의 반대편에 놓였다. 광기와 이성을 동시에 가질 수는 없었다.[71] 이성은 순수하게 인간만이 가질 수 있는 능력으로 보였고, 이성을 연마하는 것은 우리 모두 힘써야 하는 무엇인가로 보였다. 그렇게 하지 않는 사람들, 즉 비이성적인 사람들은 열등하다고 간주되었다. 푸코는 광기와 이성의 대립이 비교적 최근에 생긴 현상임을 지적하고, 광기가 정말로 근절되어야 하는 것인지에 대한 의문을 제기한다.

푸코의 방법은 계보학적이다. 어떤 개념의 의미를 조사하기 위해서 그 역사를 샅샅이 살핀다. 『광기와 문명』에서 그는 역사 속에서 이성과 광기가 아직 분리되지 않은 시점을 찾아나선다. 그는 이 두 개념이 18세기 말에 분리되었다는 것을 알아내고, 무엇이 그런 분리를 초래했는지를 설명한다. 이 여정은 정신질환자들을 다른 도시로 보내는 바보들의 배,[72] 그들을 가두는 철창, 그들을 구경거리로 보여주는 서커스와 동물원,[73] 그들을 짐 운반 동물처럼 부리던 곳을 거쳐서 오늘날의 병원과 치료소로 우리를 안내한다. 푸코는 광기에 대한 정신의학적 논의보다는 그 반대편에 있는 침묵에 대해서 이야기하고 싶어한다. 그래서 그는 자신의 조사를 고고학적이라고 말한다. 우리에게 전해져 내려온 것은 주로 의사, 학자, 정치가들의 말이지, 광인들 자신의 말이 아니다.[74] 이제라도 그들이 말을 할 수 있게 하려면, 우리는 무엇이 남아 있는지를 찾아보아야 한다.

이런 유물들은 문서, 건물, 인공물 속에서 발견될 수 있고, 광기의 개념이 항상 바뀌고 있었다는 것을 우리에게 보여준다. 광기는 다양한 시대를 거치면서 인간 영혼의 요소로, 특정 신체 물질의 과잉으로, 동물적 기질과 연관된 문제로, 종교적 의문으로, 신체적 질환으로 취급되다가, 마침내 정신질환으로 여겨지게 되었다. 네덜란드에서는 정신이상자를 더 이상 지하실이나 철창에 가두지는 않지만, 광기에 대한 우리의 접근방식은 중립적이지 않다. 어떤 규범, 즉 정신적으로 건강한 사람의 규범은 시간의 흐름을 따라

발달해왔고, 그 규범을 벗어나는 사람들은 가치가 떨어지므로 바로잡아야 하는 사람들로 인식된다. 감옥이나 학교와 마찬가지로, 치료소에도 작동하는 권력관계가 있는데, 이 권력의 목표는 마음의 성형이다. 이것은 다시 정책으로 연결된다. 광기는 단순히 의학적 범주가 아니라 정치적, 사회적 범주이기도 하다. 경제력도 여기에 한몫을 한다. 이를테면, 제약산업은 특정 약품의 생산량을 조절하거나 많은 사람들이 쉽게 구입하기 어려운 비싼 값에 약을 판매함으로써 사람들의 생명에 대해서 권력을 행사한다. 정책 입안자들은 사람들이 특정 체계에 속하기를 원한다. 그래야만 비용이 덜 들기 때문이다.

푸코가 사용하는 비판적 방법은 광기와 건강에 대한 우리의 이미지에 도전한다. 그리고 그의 도전은 광기에서 호전이 실제로 무엇을 의미하는지에 대한 의문을 불러일으킨다. 내가 앞에서 언급한 것처럼, 『광기의 철학』에서 바우터르 퀴스터르스는 정신병은 일반적인 현실의 경험과는 다른 것을 우리에게 보여주며, 이것이 정신병을 가치 있게 만든다고 말한다. 정신의학의 언어에는 이런 점이 드러나지 않는다. 모든 것이 병과 치료, 정상과 비정상의 틀 안에 갇혀 있기 때문이다(그리고 작가들은 항상 언어를 의심해야 한다). 마찬가지로, 우울증은 우리 자신과 타인과 세상에 대해서, 그리고 무엇이 가치 있고 무엇이 그렇지 않은지에 대해서 표면 아래에 있는 것들을 우리에게 보여줄 수 있다. 우울증이 보여주는 관점은 어쩌면 일방적일지도 모른다. 우울한 사람은 세상을 비관적으로만 볼 수 있을 것 같지만, 다른 시선도 존재한다. 이에 대해서는 희망을 가지고 다시 이야기할 것이다. 그러나 우울증에 관한 생각과 글은 통찰을 이끌어낼 수 있고, 때로는 여기에서 예술이 탄생하기도 한다.

광기의 좋은 점

우리가 광기라고 인식하는 것의 일부는 그렇게 대단한 광기가 아닐 수도 있다. 삶은 사실 매우 어렵다. 우리는 온갖 방식으로 허물어질 수 있는 몸으로 삶 속에 던져졌고, 다른 이들을 잃는다는 사실은 매우 견디기 힘들다. 이런 문제를 찾아내는 것, 또는 예술로 형상화하거나 규범과는 다른 방식으로 자신을 표현함으로써 다른 사람들과 다르게 대처하는 것은 그다지 기이한 일은 아니다. 거의 모든 사람과 많은 다른 동물들도 그들의 삶에서 어떤 시기에는 광기를 상대해야 한다. 그것이 불안 발작인지, 삶의 의미를 일시적으로 앗아가는 깊은 슬픔인지, 주기적으로 찾아오는 우울증인지, 망상인지 형태만 다를 뿐이다. 대부분의 사람들은 어떻게라도 정상적인 편에 머물러 있기 위해서 이런 것들을 그저 걷어내고 지나칠지도 모른다. 그러나 그런 경계는 많은 사람들이 생각하는 것처럼 그렇게 굳건하지 않고, 이상해지는 것도 나름대로 장점이 있다.[75]

아웃사이더(outsider)는 건강한 사회를 위해서 반드시 필요하다. 아웃사이더는 문학적으로도 중요한 인물이다. 어떤 테두리의 바깥에 있는 사람들은 기존의 것에 다른 빛을 드리우기 때문이다.[76] 왕에게는 광대가 필요하고, 사회에는 다른 방식으로 생각하는 사람들이 필요하다. 세상과 삶을 다른 방식으로 경험하는 사람들은 다른 이들이 정상이라고 생각하는 것이나 생각지도 못한 것에 의문을 품을 수 있다. 광기와 예술적 재능 사이의 관계를 조사한 스웨덴의 한 연구는 창의력과 기분 장애 사이의 명확한 연관성을 보여준다.[77] 조사 대상은 100만 명이 넘었고, 시각 예술가, 무용가, 사진작가, 저술가와 같은 창조적인 직업을 가진 사람들은 양극성 장애가 있을 가능성이 8퍼센트 더 높았다. 심지어 저술가들의 경우에는 확률이 12퍼센트 더 높았고, 내가 앞에서 언급했듯이, 글을 쓰는 작가들은 나머지 인구에 비해서 자살을 시도할 확률도 50퍼센트 더 높다. 일반적으로 창조적인 직업을 가진 사람들은 우울증, 조현병, 양극성 장애, 거식증, 자폐증에 걸릴 위험이 더 크고, 이런 장애를 겪고 있는 친족이 있을 가능성도 종종 평균에 비해서 더 높다.

아리스토텔레스는 우울한 체질인 사람들은 영혼이 더 풍성하다고 믿었다. 그는 「난제들$^{Problems\ XXX.\ 1}$」의 한 부분에서 정치적, 서정적 혹은 철학적으로 뛰어난 능력을 발휘하는 것과 검은 담즙의 과잉 사이에는 명확한 관계가 있다고 묘사한다. 그의 결론에 따르면, 천재들은 종종 멜랑콜리아를 겪고 광기와 천재성은 서로 밀접한 관계가 있다.

멜랑콜리아와 우울증에 긍정적 측면이 있다는 점, 미쳤다는 것과 건강하다는 것 사이의 경계가 고정되어 있지 않다는 점은 그 무게에 끌려 내려가는 누군가에게는 그다지 큰 위로가 되지 않는다. 누구나 마음의 병이 완치될 수 있는 것은 아니며, 많은 사람들에게 우울증은 재발하는 경향이 있다. 어떤 사람에게는 우울증이 주기적으로 찾아온다. 마치 계절에 따라 모습이 바뀌는 정원처럼, 그들의 손길에 상관없이 꽃이 만발했다가 다시 황량해지기를 반복하는

것이다. 다행히도 추위와 가뭄에 대처할 수 있는 몇 가지
방법이 있다.

4.

몸의 기억과
내 발걸음의 지혜에 대하여

2015년 10월, 나는 암스테르담 시립미술관에서 티노 세갈 Tino Sehgal의 예술 프로젝트인 「이러한 진행This Progress」에 참여했다. 이 작품에서 방문객은 누군가의 안내를 받으며 함께 걷는다. 처음에는 어린이, 그 다음 청소년, 그 다음 성인을 거쳐서 마지막으로 노인의 안내를 받는다. 안내자, 즉 안내자를 '연기하는 사람'은 방문객과 함께 걸으면서 대화를 나누는데, 그중 일부 요소는 정해져 있다. (자세한 내용은 밝히지 않겠지만, 만약 기회가 있다면 이 프로젝트를 경험해보기를 진심으로 추천한다.) 내가 속한 집단의 연기자들은 질문이나 지적으로 대화를 시작해야 했고, 나는 주로 어린 시절을 떠올리게 하거나 어떤 다른 이유에서 중요한 냄새에 관한 질문을 했다. (누군가 내게 그런 기억에 대해서 묻는다면, 나는 말의 냄새라고 답할 것이다.) 많은 사람들이 기억을 뇌에 저장된 일종의 정보라고 생각했다. 말하자면 컴퓨터에 저장된 데이터와 같은 것이다. 이 비유는 기억의 특성을 부분적으로는 잘 설명할 수 있다. 그러나 시간이 흐르거나 새로운 경험을 하는 동안 기억이 어떻게 바뀌는지, 또는 어떻게 몸속으로 파고들면서 동시에 외부 세계와도 연관이 있는지를 설명하지는 못한다. 냄새는 우리를 할아버지의 집으로 돌아가게 하고, 노래는 어느 조랑말 캠프의 눈부신 여름 저녁으로 안내하고, 사랑하는 이의 목소리는 켜켜이 쌓인 시간들을 서로 이어줄 수 있다. 기억은 데이터보다 훨씬 유동적이고 훨씬 유형적이다. 아마 기억의 비유로는 데이터보다는 이야기가 더 나을 것이다. 이야기도 시간의 흐름에 따라 바뀐다. 이야기를 전하는 사람 때문이다. 사람들이 자기 자신과 다른 이들에게 하는 이야기는 그 사람과 함께 바뀐다. 그리고 우리 자신의 이야기든지 다른 사람의 이야기든지 상관없이, 이야기 역시 우리를 변화시킨다.

그 예술 프로젝트에서 우리는 의도적으로 평소보다 더 느린 속도로 미술관의 여러 방을 돌아다녔다. 천천히 걷는 것은 대화에 영향을 주고 공간을 창조했다. 이동은 대화에 활기와 진전을 가져다주었다. 때로 방문객은 우리가 의도했던 것보다 빨리 걷고 싶어했다. 그럴 때에는 그들에게 자연스럽지 않은 속도로 움직이도록 안내하는 것이 중요했다. 사실 그런 조절을 하는 것은 사람들이 평소 습관에서 벗어나서 자신에 대해 더 많은 말을 하게 만들기 위함이었다. (얼굴을 붉히는 사람도 있고, 딴 곳을 바라보거나 당신을 똑바로 쳐다보는 사람도 있고, 심지어 화를 내는 사람도 있었다.)

걷기는 생각에 영향을 미친다. 나는 적어도 하루에 두 시간은 반려견들과 산책을 하고, 매일 한 시간씩 달리기를 한다. 내게는 이것이 항우울제보다 더 효과가 좋다. 세로자트 복용을 중단했을 때, 나는 6주일 동안 속이 메스꺼웠다. 그 이후에는 어떤 장막이 걷히고, 세상과 나 자신을 보는 것이 더 쉬워졌다. 그러나 어둠이 완전히 사라지지는 않았다. 그 어둠을 막기 위해서 나는 노래를 하고, 규칙적인 일상을 엄격하게 지켰다. 당시 나의 반려견 피카는 내 세계가 일상의 형태를 유지할 수 있도록 나를 도와주었고,[78] 산책이 얼마나 좋은 것인지를 내게 가르쳐주었다. 걷기는 이 세상을 편안하게 느끼는 데 도움이 될 수 있다. 세상 자체도 도움이 된다. 탁 트인 경관이든 숲이든 형태에 상관없이, 주변이 더 넓어지고 커질수록 내가 모든 것의 일부라는 느낌이 강해지는데, 그런 것들이 그렇게 나쁘지 않다. 경관은 당신을 정확히 위로해줄 수 있다. 당신 자신의 하찮음을 보고 느낄 수 있게 해주기 때문이다.

그리고 어느 날, 나는 달리기를 시작했다. 내게 달리기는 걷기보다 더 중요하다. 만약 어딘가를 다치게 되면 자전거를 타야 한다. 달리기는 내 생각과 감정을 조금 떨어져서 바라볼 수 있게 해주고, 내가 괜찮을 때에도 모든 것을 조금 더 환하게 만들어준다.[79] 처음 10분에서 20분 동안은 일과 사람과 나를 괴롭히는 다른 것들에 대한 생각들이 계속 떠오르면서 내 발걸음에 그림자를 드리운다. 그후에는 그 생각들이 마치 빠져나간 바퀴처럼 굴러가다가 멈추게 되고, 나를 둘러싼 것들 속으로 사라진다. 주거용 배 한 척과 두 마리의 물닭이 보인다. 한 물닭이 다른 물닭을 부르고 있다. 한 남자가 벤치에 앉아서 맥주를 마시고 있다 (나는 종종 암스텔 강을 따라 달린다). 나뭇가지들은 구불구불하게 뻗어 있고, 강물 위로는 빛이 부서진다. 나는 두 발을 번갈아 옮겨놓는다. 내가 발걸음의 속도를 조절하는 것이 아니라, 그 속도에 내가 이끌려간다. 나는 달린다. 더 이상 내가 해야 할 일은 별로 없다. 달리기는 내 몸의 긴장감을 서서히 올려서 뱃속을 뻐근하게 만들기도 한다. 달리기를 한 날은 더 견딜 만하고, 몸도 더 가벼워진다. 달리기는 대개 이틀에 한 번씩이면 충분하지만, 불안감이나 슬픔이 내 몸 어딘가에 자리를 잡으면 나는 항상 더 많이 달리려고 한다.[80]

프랑스의 철학자 모리스 메를로-퐁티Maurice Merleau-Ponty 는 생각은 실체가 된다고 주장한다.[81] 우리가 무엇을 어떻게 생각하는지는 항상, 필연적으로 이 세계에 있는 우리의 물리적 존재의 영향을 받는다.[82] 우리는 미래의 어느 시점의 우리 자신이나 우리의 환경을 감지할 수 없다. 우리는 육체로서 존재한다. 만약 내가 달리기를 하기로 결심하면, 내 머리가 내 몸을 조정하는 것처럼 보일지도 모른다. 그러나 그 둘은 서로 맞물려 있는 톱니바퀴와 같다. 만약 내가 달리기를 한 후에 세상이 좀더 편하게 느껴진다면, 그리고 내 두 발로 땅을 딛고 있다면, 나는 내가 왜 여기에 있는지를 더 잘 이해할 수 있을 것이다. 게다가 나는 생각을 너무 많이 하지 않을 때, 다시 말해서 손가락이 가는 대로 단어를 찾고 내 생각이 옳은지를 스스로에게 묻지 않을 때, 글이 가장 잘 써진다. 나중에 다시 생각을 해봐야 하지만, 뭔가 새로운 것을 생기게 하려면 내 몸을 따라가야 한다. 시리 허스트베트Siri Hustvedt도 『흔들리는 여자, 내 불안의 역사 The Shaking Woman or A History of My Nerves』에서 이와 비슷한 이야기를 한다. 많은 작가들이 자기 자신을 일종의 통로로 여긴다. 그 통로를 통해서 그의 이야기 또는 책이 나머지 세상과 이어진다는 것이다. 거의 마법과 같은 생각이지만, 어쨌든 나는 내가 직접 뭔가를 쓰는 것이 어느 정도는 불가능한 것 같다. 나는 그저 드러난 이야기를 따라갈 수만 있을 뿐, 결코 완전히 파악하지는 못한다.

메를로-퐁티도 습관의 중요성을 지적한다. 새로운 습관을 획득하면 이 세계에서 우리가 뿌리를 내리고 있는 길이 넓어진다. 내 경우에는 산책을 나가는 것이 달리기처럼 습관이 되었다. 이런 것들은 단순한 삶의 일부이며, 내게 도움이 되는 것들이다. (여기에서 행동 치료와 비슷한 점을 볼 수 있는데, 행동 치료도 자신에게 새로운 습관을 가르치는 것과 연관이 있다.) 습관은 몸과 시간에 달려 있고, 우리 삶의 배경에 달려 있다. 우리는 다른 동물과 습관을 공유한다. 산책을 나가는 것은 아침을 먹는 것처럼 습관이다. 더 나아가 좋은 습관을 기르는 것은 우리에게 일어난 일에 대한 저항의 한 형태가 될 수 있고, 푸코가 말한 자신에 대한 실천에 비길 수 있다. 치료가 아닌 도덕적 품성이며, 필요에 의해서 자신을 개선하는 것이다.[83]

기억-몸 그리고 재발성 우울증

내가 서른 살이 되던 달에 할머니가 돌아가셨다. 내가 사랑했던 할머니는 더 이상 나와 함께하기를 바라지 않으셨다. 그리고 나는 자살 시도의 후유증 속에서 좋은 여자 친구 한 사람을 만났다. 그때까지 나는 거식증이 있던 시절을 제외하고는 항상 잠을 잘 자는 편이었다. 나는 잠을 꽤 많이 자야 했고, 잠은 내가 일을 처리하는 데에 항상 도움이 되었다. 그러나 이런 일들이 연이어 일어나면서, 나는 더 이상 밤새 편히 잠을 이룰 수가 없었다. 상황은 점점 더 악화되어, 결국에는 잠을 거의 못 자게 되었다. 운이 좋으면 하룻밤에 두세 시간 정도, 주로 12시에서 3시 사이에 잠을 잘 수 있었다. 나는 봄이 되면 검은지빠귀가 새벽 4시가 되기 전부터 노래를 시작한다는 것과 지속적인 수면 부족이 우울증을 불러온다는 것을 알게 되었다. 이제 내 몸이 이런 습관을 스스로 익힌 것 같았다. 그 뒤로 나는 걱정이 있으면 잠을 설쳤고, 밤이 되면 낮보다 그 걱정거리가 나의 머릿속을 더 크게 사로잡았다.

처음에는 그럭저럭 괜찮았다. 슬픔은 하나의 틀, 하나의 감정 형태를 준다. 그리고 나는 내 슬픔이 무엇에 관한 것인지를 알고 있었다. 내가 정말로 사랑했던 할머니의 죽음은 내 마음속에 훨씬 오래 전부터 있어왔던 이모의 죽음과 단단히 결합되었다. 할머니를 잃은 슬픔은 우리 모두에게 과거의 슬픔을 떠올리게 했고, 더욱 견디기 힘들게 만들었다. 내 친구는 병원에 입원해서 치료를 받았고, 직접 몸조리를 해야 했다. 관계가 끝나기까지는 그리 오랜 시간이 걸리지 않았다. 금방이라도 폭발할 것 같았던 관계는 때로는 우정처럼, 때로는 사랑처럼 몇 년 더 은근하게 이어졌다. 그러다가 (다행히도) 완전히 끊어졌다.

그러나 그 충격은 내 몸속에 자리를 잡았다. 내 피부는 피와 살과 뼈와 근육을 하나로 뭉치면서, 벌어진 구멍을 감춰놓았다. 불면은 낮 동안의 긴장감과 고통을 가져왔다. 긴장감과 고통은 다시 숙면을 어렵게 만들었다. 여섯 달 후, 내가 다시 잠을 잘 수 있게 된 그 여름의 어느 시점, 나는 익숙한 껄끄러움에 완전히 잠식되었다. 그 껄끄러움은 내게 우울증이 시작된다는 뜻이다. 그것은 마치 텔레비전의 노이즈 화면처럼, 회색이지만 여전히 움직이고 있는 느낌이다. 나는 바쁘게 살기로 결심하고 기계처럼 움직이기 시작했다. 내 상태를 숨기고 사회적 상호작용을 하고, 피곤한 상태에서 수영을 했다. 지구가 평소보다 더 세게 나를 잡아

당기고 있을 때, 무엇인가를 계속하려면 정말로 힘이 많이 든다.

내가 전에 앓았던 우울증과 달리, 자살하고 싶은 생각은 별로 없었다. "별로 없었다"는 것은 그럴 계획이 없었다는 의미였다. 내 경험상, 우울할 때에는 죽음이 늘 가까이 있다. 어쩌면 우울증은 삶을 유보시킨다는 의미에서 죽음에 대한 일종의 계약금일지도 모른다. 그러나 우울증을 앓는 사람이 실제로 죽기를 원한다는 뜻은 아니다. 우울증은 마비를 가져오기 때문에 자살도 아득한 경우가 많고, 어쨌든 우울하면 두 가지를 동시에 생각할 수가 없다. 나는 골머리를 썩일 필요가 없다는 것을 알았고, 이런 생각도 내 상태의 일부라는 것을 받아들였다. 그래서 그저 계속 몸을 움직였다.

메를로−퐁티에 따르면, 살아 있는 몸은 현재의 몸과 습관의 몸이라는 두 층으로 구성된다. 습관의 몸은 우리가 과거에 성취한 것, 이를테면 우리의 기술, 세상을 보는 특별한 방식, 태도 같은 것들을 현재로 끌어올려서 우리가 마주하게 한다. 우리는 시간 속에 살고 있다. 우리에게 주어진 모든 순간 속에, 그리고 시간이 항상 움직인다는 사실 속에 살고 있다. 우리가 살면서 겪은 일들은 우리의 일부가 되고, 우리의 경험을 물들인다. 우리를 일으켜 세우기도 하고 우리가 제대로 볼 수 있도록 돕기도 한다. 다른 이들과의 관계는 우리가 인식하는 방식과 보는 것을 넓혀준다. 이것은 기억이 고정되어 있다는 의미가 아니다. 기억도 우리와 함께 성장한다. 사건, 즉 기억은 사라지지는 않지만, 퇴색되거나 왜곡되거나 변형될 수는 있다.

앞에서 설명한 시간을 지나오면서 가장 근래에 우울증을 앓는 동안, 내 몸속에는 부서진 콘크리트 조각들이 가득 차 있는 것 같았다. 아침마다 나는 낡고 무거운 삼륜 자전거에 나의 반려견 피카를 태우고 공원으로 갔다. 피카가 걸어가기에는 공원은 너무 멀었다. 그 여정은 몇 시간이 걸릴 것 같았고, 그 뒤에 이어지는 산책도 마찬가지였다. 모든 것이 나를 바닥으로 끌어당기고 있었기 때문에, 때로는 턱을 땅바닥에 대고 걷는 것 같은 느낌이었다. 그러나 나는 매일 걸었고, 피카도 내 옆에서 함께 걸었다. 집에서는 커피를 마시고 공부를 하고 작업을 하면서, 나 자신과 내 삶을 계속 꾸려나갔다. 몇 달 후에도 안개는 여전히 걷히지 않았고, 무기력은 더 무겁게 나를 짓눌렀다. 나는 무기력과 싸우느라 지쳐 있었다. 나는 주치의를 찾아갔다. 그 의사는 나를 위해서 약장은 항상 열려 있다고 말했지만, 약의 도움없이도 내가 그럭저럭 해낼 수 있을 것이라는 생각이 들었다. 나는 그의 조언으로 류트(lute)를 연주하는 심리치료사를 찾아갔다. 류트를 연주한다는 그는 나를 위해서 연주를 하지는 않았다. 그의 치료가 내 의료보험으로는 보장이 되지 않는다는 것을 알게 되었기 때문에, 내가 그를 만난 것은 딱 한 번으로 끝이었다. 그러나 그는 내게 거액의 청구서를 보냈다. 치료 계획을 세우는 것도 상담에 포함되었기 때문이다. 그 시절 나는 몹시 궁핍해서 그 청구서를 감당하기가 아주 버거웠다.

달리기(한 걸음 한 걸음 느리게 달리기)와 피카와의 산책 외에 내가 계속 나아가는 데에 도움이 된 것은 내가 아직 자살을 시도할 수도 있다는 생각, 그것이 진짜 선택지라는 생각, 의사의 약장이 내게 열려 있다는 생각이었다. 만약 상황이 더 나빠진다면, 내가 첫 단계로 선택하는 것은 약이 될 것이다. 연기처럼 사라진 연인 관계, 돈 걱정과 같은 외적인 상황이 어느 정도 영향을 미쳤다는 사실은 더 넓은 시야에서 생각을 하는 데에 도움이 되었다. 사람들이 이런 종류의 일에 반응하는 데는 이유가 있다. 나는 내 생각과 감정을 미래의 추상적인 이미지로 바꿀 수 있었다. 미래에는 상황이 더 나아질 것이라고 생각하지는 않는다. 그러나 나

빴던 것이 더 나아졌던 예전의 경험을 토대로 볼 때, 상황이 더 개선되거나 다른 대안이 있을 가능성을 열어둘 수 있었다. 따라서 이것은 상황이 더 나아지리라는 희망이라기보다는 희망의 가능성이 존재한다는 인식이었다. 아주 캄캄한 날들도 있었고 내가 진정으로 존재하지 않은 날들도 있었지만, 운 좋게도 진짜 깊은 구렁은 그렇게 오래 이어지지 않았다. 몇 달이 지나자, 서서히 빛이 보이기 시작했다.

내 몸은 내가 경험한 모든 것으로 이루어져 있고, 지금 내가 경험하는 모든 것은 이전의 경험을 바탕으로 반향을 일으킨다. 오랜 감정은 암석의 지층보다는 해저에 쌓인 퇴적물과 더 비슷하다. 새로운 감정에 휘저어져서 흙탕물이 일었다가 다시 가라앉기를 반복하는데, 그 정도만 조금씩 다를 뿐이다. 새로운 감정은 결코 온전히 새로운 것이 아니다. 어쩌면 한때는 그랬을 수도 있다. 처음 사랑에 빠졌을 때, 처음 헤어졌을 때처럼 처음이었던 것들이 있지만, 지금은 서로 뒤섞여 있다. 그것이 나이 듦의 이중성이다. 예전에는 지구를 뒤흔들었을 사건들이 이제는 누구나 아는 사건이 되고, 수많은 예전 사건들 중 하나가 된다. 그래서 접하기는 더 쉬워졌지만, 정확하게 보기는 훨씬 더 어려워졌다. 사랑스러운 누군가를 처음으로 잃는다는 것은 하나의 세상이 끝난다는 것을 의미한다. 그 세상은 당신이 그 사람과 만났을 때 갑자기 존재하게 된 세상이다. 이런 일이 더 자주 일어나면, 그것이 당신의 세상의 일부가 된다. 그 세상은 다른 이들이 드나드는 곳이고, 상실이 일어나는 곳이다. 우울해질 때에도 이와 비슷한 일이 일어난다. 처음에는 정말로 하나의 끝이고, 장애물이고, 그 너머는 보이지 않을 정도로 너무 높은 벽이다. 나중에는 우울해지는 것이 풍경의 일부로 고정된다. 그렇다고 마비가 덜 되는 것은 아니지만 차이는 있다. 나이가 들어간다는 것과 간간이 찾아오는 우울증은 체념을 불러오는데, 내 경험상 이는 도움이 될 수도 있다. (예전에 그랬듯이 지나갈 것이고, 지나갈 수 있다. 오늘은 좋은 날이 아니지만 이 또한 지나갈 것이다.) 더 나아지기를 바라는 것에서 단순히 견디는 것으로 초점도 바뀐다. 이와 동시에 이런 식의 생각은 나를 더 슬프게 할 수도 있다. 이것이 결코 끝나지 않을 것처럼 보이기 때문이다.

동물의 도움

나의 일, 달리기, 산책뿐 아니라 나와 함께 사는 동물들도 내가 지난 10년간의 우울증에서 빠져나올 수 있도록 도와

주었다. 지금 나는 반려견 두 마리와 살고 있다. 그전에는 고양이 한 마리와 다른 개 한 마리와 함께 살았다. 그 동물들이 없었다면 나는 우울증에서 헤어나오지 못했을 것이다(이는 많은 다른 이들에게도 적용되는데, 우울증과 다른 심리적 장애물에 반려동물이 미치는 긍정적인 영향은 과학적으로 증명되었다).[84] 내가 다른 사람들을 견디기 어려울 때, 그 동물들은 아무것도 묻지 않고 내가 줄 수 없는 무엇인가를 바라거나 요구하지도 않으면서 나와 함께 있어주었다.[85] 그들은 나를 보는 것을 늘 행복해했고, 그렇게 인정을 받으면 모든 것이 달라질 수 있다. 흔히 반려동물이 사람에게 의존한다고 생각한다. 그리고 그런 생각을 근거로 그들의 관점을 무시하기도 하고, 그들을 인간보다 하등하게 보기도 한다. 여기에는 논쟁의 여지가 있다. 사실, 고양이는 인간이 없어도 꽤 잘 살아갈 수 있고, 많은 개들도 그렇다. 게다가 무엇보다도, 인간에게도 다른 동물이 필요하다는 사실을 인정하지 않는다. 그 다른 동물은 인간일 수도 있고 인간이 아닐 수도 있다. 이는 단순히 내가 돌봐야 하는 누군가, 나를 집으로 돌아오게 하는 누군가, 내가 최선을 다해야 하는 누군가가 있다는 뜻이 아니다. 당신의 기분을 알아차리는 누군가, 상황이 나빠질 때 당신의 옆에 와서 있어주는 누군가, 당신이 아무런 말을 하지 않아도, 심지어 당신이 항상 울고 있거나 세상에 뭔가 좋은 일을 하지 못해도 당신을 사랑하는 누군가가 있다는 뜻이다. 물론, 인간들 사이의 접촉이 특별한 면도 있지만, 다른 동물과의 접촉도 특별하다. 레바논에서 태어나서 전쟁을 겪은 보드랍고 하얀 고양이인 퓌시는 내가 첫 번째 책을 쓸 당시 내 무릎에 앉아 있었고, 나와 한 이불을 덮고 잠을 잤고, 내가 잠이 오지 않아서 털을 쓰다듬으면 가르랑거리는 소리를 냈다. 이런 종류의 친밀함은 믿을 수 없을 정도로 위안이 되고 중요하다. 이런 친밀함은 상호적이기도 했다. 퓌시가 아프거나 약이 필요할 때에는 내가 그의 곁에 앉아 있었고, 퓌시가 원할 때에는 그의 털을 쓰다듬어주었다. 지금 함께 살고 있는 반려견들도 마찬가지이다. 나는 그들을 돌본다. 간식을 사주기 위해서 일을 하고, 더 어린 개는 훈련소에 데려간다. 그 개들은 내게서 눈을 떼지 않고 나를 보살피고, 만약 뭔가 잘못되고 있다면 내 옆에 앉아서 내가 계속 집중할 수 있게 해준다. 우리는 함께 산책을 나가거나 하면서 삶을 공유한다. 내가 혼자서 하는 선택도 있지만, 그들도 다른 것들을 결정한다.

자율성에 대한 서구의 이미지에는 사람을 원자처럼 보

는 시각이 포함된다. 이는 내가 앞 장에서 설명한 의료 모형처럼 개체를 중심에 놓는다는 뜻이기도 하고, 개체를 관계에 선행하며 독립적으로 존재할 수 있는 무엇인가로 인식한다는 뜻이기도 하다. 이는 경험적 관찰이라기보다는 인간에 대한 규범적 해석으로, 독립성과 자율성이 의존보다는 낫다는 의미를 내포한다. 그런 이미지는 오해의 소지가 있다. 우리는 모두 관계 속에서 태어나고, 살아가는 동안 다양한 방식으로 관계에 의지한다. 그리고 다른 이와 관계를 맺을 때, 그들 역시 우리에게 의존하게 될 수 있다. 물론 부모—자식 관계는 의존의 좋은 본보기이지만, 우리는 더 일반적인 여러 방식으로 서로에게 의지하고 있다. 예를 들면, 친구는 필요하다. 그래야 우리는 여러 가지 것들에 대해서 이야기를 나누고, 그것을 해석하고, 명확한 판단을 내릴 수 있다. 친구는 함께 웃거나 그저 함께 있어주기 위해서도 필요하다. 작가에게는 그들의 책을 비판적으로 살펴줄 편집자가 필요하고, 철학자에게는 그들의 연구를 평가해줄 동료가 필요하다. 우울증을 앓는 사람은 주변 환경에 더 많이 의지해야 할지도 모른다. 그 형태는 의사, 파트너, 약, 친구, 또는 나처럼 동물일 수도 있다. 그리고 그렇게 기대야 할 시기는 언젠가는 지나갈 것이고, 그러면 다른 사람들이 그에게 기대게 될 것이다. 의존에는 단계가 있다. 사람마다 다르게 작용하고, 살아가는 동안 변한다. 누구나 아기에서 시작한다. 따라서 어느 정도의 의존은 잘못이 아니다. 관계는 풍요로움의 원천이다. 누군가를 사랑한다는 것은 당신의 운명을 특별한 사람과 연결한다는 뜻이다. 따라서 당신은 그 사람의 행복에 부분적으로 의지하게 된다. 그들의 행복도 어느 정도는 당신의 행복이 될 것이다. 그것을 피하게 되면 황량하고 차가운 삶으로 이어질 것이다.

이미 말했듯이, 우울한 동안에는 다른 이들과 이어지기가 어렵다. 이는 우울해진다는 것에 대해서 당신이 느끼는 죄책감과 어느 정도 연관이 있다. 우울증을 앓고 있을 때는 내 기분이 너무 가라앉아 있기 때문에, 나는 동물들과 서로 돕고 있었음에도 종종 그들에게 죄책감을 느꼈다. 퓌시와 피카는 내 주위의 먹구름을 확실히 보고 느꼈다. 때로는 그 먹구름이 그들의 기분에도 영향을 미칠까 두려웠다. 나는 동물들을 방치하지도 않았고 그들에게서 뭔가를 빼앗지도 않았지만, 아마도 내 마음 상태와 소외감이 죄책감도 불러온 것 같다. 그러나 그들은 삶과 나를 연결해주는 고리였고, 나를 돌봐주었다. 그래서 나는 털북숭이 친구들에게는 무거운 책임감을 느낀다.[86]

당신이 누군가를 사랑한다면, 그들이 행복하기를 바랄 것이다. 그리고 앞에서 말했듯이, 때로 그 행복이 나와는 상관이 없는 것일 때가 있다. 우리가 항상 다른 이들을 도울 수는 없다. 가끔은 도움을 줄 수도 있고, 때로는 전혀 예상하지 못했던 방식으로 도움을 주기도 한다. 피카와 함께 지내기 전, 나는 개와 함께 사는 삶이 내게 그렇게 많은 것들을 가져다준다거나 산책이 그렇게 큰 역할을 할 것이라고는 전혀 예상하지 못했다. 그러나 나에게는 다른 이들은 가늠하기 어려운 깊은 내면이 있다. 나는 항상 그 무게를 힘겹게 짊어지고 있기 때문에, 아마 다른 사람들에게는 함께 지내기 쉬운 사람은 아닐 것이다. 그런 무게가 화를 내거나 성질을 부리는 것으로 표출되지는 않지만, 때때로 나를 둘러싸는 그 그림자 속에서는 글을 쓰거나 웃어넘기는 것이 항상 가능한 것은 아니다. 사람들의 얼굴을 마주볼 수 없어서 약속을 취소한 적도 몇 번 있다. 그런 것은 이제 좋아졌다. 내가 할 수 있는 것과 할 수 없는 것을 더 잘 이해하게 되었고, 그것을 지켜나가고 있다. 나 자신에게 더 잘 적응하게 된 것이다. 그럼에도 멍해지는 순간, 움츠러드는 순간이 있다. 한때는 사람들을 계속 만나야 한다고 생각한 적이 있었다. 이제는 내가 계속 움직이기만 한다면 반드시 사람들을 만나야 하는 것은 아니고, 가끔 움츠러드는 것도 그저 나의 일부분임을 알고 있다. 때로는 한낮의 밝은 빛 속에 서 있는 것보다는 숨어 있는 것이 더 낫다.

겨울 나무

우울증은 모든 것, 즉 당신 자신과 세상을 정지하게 만든다. 고통은 절규처럼 보일 수도 있지만, 불쑥 들이닥치는 공허함이다. 이런 공허함에는 음악이나 밝은 색의 그림으로 대처해야 할 것 같지만, 내 경험상 고요함이 더 효과가 좋다.

내가 필요로 하는 고요함, 즉 사람과 이미지와 소음의 최소화는 평균적인 기준에 비해 더 까다롭다. 내가 일을 하고 무엇인가를 처리하려면, 내 주변에서 거의 아무 일도 일어나지 않는 시간이 필요하다. 어떤 정신적 외상을 처리하는 사람이 아니라, 하나의 기계처럼 원료를 처리하여 최종산물을 만드는 것이다. 산책을 하고 글을 쓰고 어쩌면 빵한 덩이를 구울지도 모르는 공허한 날들은 회의와 대화와 교육으로 꽉 찬 날들에 대한 보상으로서 필요하다. 사람 대신에 나무와 고양이와 새가 있는 세상은 여유를 준다. 열심

히 일을 했을 때에는 휴식이 도움이 된다. 다만 내 집의 소파에서 쉴 수 있어야 한다.[87]

나는 흑백의 조화를 좋아한다. 하얀 하늘을 배경으로 서 있는 검고 앙상한 겨울 나무들, 흰 종이의 인쇄물, 연필로 그린 그림, 싱어송라이터의 슬픈 노래, 비트겐슈타인의 말, 아르만도의 풍경화, 바흐의 "인벤션", 내 하얀 머그잔에 담긴 커피, 눈밭 위의 까마귀가 좋다. 그 이유는 어쩌면 내가 주위의 모든 것을 지나치게 의식하고, 종종 그런 것들에 심하게 휘둘리기 때문일 수도 있고, 그 안에서 나 자신의 삶을 보기 때문일 수도 있다. 내가 고요함 속으로 들어가는 것은 이 세계에서 도망치는 것이 아니다. 시간을 만들고 늘려서 그 시간을 나의 것으로 만들기 위해서, 정확히 말하면 열린 마음으로 세상과 계속 만나기 위해서이다. 걷기는 그렇게 하기 위한 좋은 방법이다. 글쓰기와 명상(끊임없이 당신이 있는 곳으로 돌아오는 것, 배경 소음에 대해서 단호하게 말을 한 다음 한쪽으로 밀어두는 것, 지금을 구성하는 순간들 속에서 편안함을 느끼는 법을 배우는 것)도 마찬가지이다. 그 저항은 우리 사회를 겨냥한 것이기도 하다. 우리 사회는 너무 소란스럽고, 좀더 깊이 보자면 하루하루가 사라져가고 있다. 정신을 바싹 차리지 않으면 모든 것이 지나가

버릴 것이다. 주의를 기울이는 것만이 그것에 대처할 수 있는 유일한 무기일지도 모른다.

우울증은 세상을 더욱 하얗게 만든다. 눈처럼 하얀 것은 아니다. 눈은 세상이 우리보다 크다는 것을 매우 아름답게 보여준다. 우울증은 세상을 덮는 것이 아니라 지워버린다. 바깥세상이 더 시끄럽고 활기찰수록 그 대비는 더욱 또렷해진다. 고요함을 망토처럼 둘러쓰고 있다고 해서 우울증에 잘 대비할 수 있는 것은 아니지만, 그런 연습을 하면 공허함에 대처하는 법을 배우는 데에 도움이 될 수도 있다. 게다가 고요하게 있으면 모든 것이 어떻게 변하는지를 더 잘 볼 수 있다. 그리고 이런 방법으로 당신은 시간에 더 가까이 머무를 수 있다.

5.
세상에 굳건하게
뿌리를 내리는 것에 대하여 :
결론

스토아 철학에 따르면, 세상에서 일어날 일들은 모두 정해져 있다. 사람들이 할 수 있는 일은 아무것도 없다. 그러나 우리는 사건들에 대한 우리 자신의 반응을 자유롭게 결정할 수 있다. 이런 반응은 우리 자신의 행복에 중요한 역할을 한다. 이는 가만히 물러앉아서 삶이 당신을 덮치도록 그냥 두어야 한다는 의미가 아니다. 오히려 반대로 상황을 바꿀 수 있는지 여부를 알기 위해서 다양한 상황에서 자신을 훈련시켜야 하고, 만약 그럴 수 없다면 지금 일어나고 있는 일을 받아들여야 한다는 뜻이다. 스토아 철학에서는 모든 사람이 행복을 위해서 분투해야 하며, 그렇게 하는 것이 최선이라고 믿는다. 우리는 모든 것을 고칠 수 있다고 믿고 싶어하지만, 실상은 그렇지 않다. 사물은 부서지고, 우리가 그것에 대해서 할 수 있는 일은 없다.

스토아 철학에서 우리가 배울 수 있는 것은 우리에게 일어나는 일들 중에는 그냥 견뎌내야 하는 것들이 있다는 점이다. 아마 당신은 우울증을 항상 견뎌낼 수는 없을 것이다. 극도로 무거운 무엇인가가 당신의 머리 위로 뛰어올라서 당신을 짓누를 때, 그래서 다시 일어설 수조차 없을 때, 그것을 견디라는 말은 이상하게 들린다. 그러나 그것을 견디는 것에는 그만한 가치가 있다. 침대에 누워서나 침대 밖으로 나와서 하루를, 아니 한 시간이나 불과 몇 분이라도 보낼 수 있는 것이 당신의 가장 대단한 성취일 수도 있다. 당신이 움직이건 말건, 불이 켜지든 말든 관계없이, 그날은 지나갈 것이고 그 다음날도 지나갈 것이다. 일이 일어나면 그냥 받아들이는 것이다. 달리 할 수 있는 일이 별로 없으므로, 그저 시간에 의지해보자.

미국의 시인 제인 케니언[Jane Kenyon]은 "우울과 결판내기"라는 자신의 시에서 6월의 어느 아침을 묘사한다.[88] 그는 네 시에 잠에서 깨고, 숲지빠귀가 노래를 부르기 시작한다. 그리고 갑자기 '평범한 만족감(ordinary contentment)'에 휩싸인다. (나는 그가 말하는 '평범한 만족감'이 정확히 어떤 의미인지 안다. 우울증이 없는 삶을 사는 사람들, 최선을 다하기 위해서 늘 너무 많은 시간을 들이지 않아도 되는 사람들, 즉 보통 사람들이 느끼는 만족감이다.) 숲지빠귀의 귀엽고 바지런한 몸짓과 반짝이는 눈은 일시에 모든 것을 제자리로 돌려놓았다. 그전까지는 왜 그렇게 아팠을까? 폭풍은 빠르게 불수록 빠르게 사라지기도 한다. 물론 반복되는 우울증의 끔찍한 점은 항상 위태롭고, 앙금을 남긴다는 점이다. 그것은 매서운 추위가 한동안 지속된 후에는 물 위에 얼음 조각이 떠다니는 것과 비슷하다. 그러나 때로는 갑자기 화창한 날씨가 반짝 나타나기도 한다. 그리고 당신은 그 이외의 날들을 받아들이려고 노력해야 할 것이다. 받아들인다는 것은 단순히 포기한다는 뜻이 아니다. 의연해지는 것이고, 할 수 있는 한 당신의 운명을 세상과 연결하는 것이다.

의연해지기

"결의와 불굴은 우리에게 그럴 힘이 있는 한 우리를 위협하는 해악과 불운으로부터 우리 자신을 보호해서는 안 된다는 법이 아니다. 따라서 그런 해악과 불운이 우리를 놀라게 할까봐 두려워해서는 안 된다는 뜻도 아니다." 몽테뉴 Michel de Montaigne는 그의 수필 「불굴에 대하여 *De la constance*」에서 이렇게 말한다.[89] 반대로, 때로는 후퇴가 최고의 전술이 될 수도 있고, 만약 재앙을 피할 수 없다면 끈기 있게 견뎌내야 할 것이다. 내 삶의 큰 부분은 내 정신의 변덕을 중심으로 조직되어 있다. 나는 산책하고, 달리기를 하고, 일찍 잠자리에 들고, 되도록 과음하지 않으려고 한다. (다행히도, 나는 일찍 자는 것과 절주하는 것을 좋아하고, 걷기와 달리기도 좋아한다. 그런 면에서는 내게 조금 금욕적인 면이 있지만, 나는 이 모든 것을 엄격한 훈련으로서 지켜나가고 있다.) 가능하면 사랑에 빠지지 않으려는 것도 이런 노력의 한 부분일지도 모른다. 어떤 사람들은 철퍼덕 넘어졌다가도 툭툭 털고 일어나서 지나가는 곳일지라도, 나는 격렬한 감정으로 균형을 완전히 잃어버릴 수도 있다. 그것이 성공적인 만남인지, 개성이 강한 두 사람이 부딪치면서 문제가 두 배로 커져서 틀어지게 될 것이 빤히 보이는 만남인지는 중요하지 않다. 내 균형을 무너지게 하기 때문에 나는 정말로 중요한 것만 허용할 수 있다. 물론 사랑은 언제나 그 자체로서 정말 중요한 것이며, 당신이 추구해야 하는 것이기도 하다. 사랑은 삶의 버팀목이며, 삶을 의미 있게 해준다. 어쩌면 당신이 사랑을 선택하는 것이 아니라 사랑이 당신을 선택할 수도 있을 것이다. 그렇더라도 당신은 사랑에 굴복하지 않기로 선택할 수 있다. 어쨌든 속절없이 폭풍에 갇힐 수도 있다. 그러니 굳건히 서 있고, 의연해지자.

우울증의 폭풍도 마찬가지이다. 견뎌낼 수 없을 것 같은 아침들이 있다. 때로는 이런 것들이 오후까지 이어져서 안으로 뒤틀린 것이 평소보다 더 오래 지속되고, 가시로 돋아난다(그 가시들을 피부 안쪽에서 느낄 수 있다). 그리고 밤이 되면 상황이 더 악화되기만 한다(상황은 언제든 악화될 수 있다). 이런 날들은 그냥 안 좋은 날일 뿐이다. 그저 지나가게 하는 것으로 충분하다. 뭔가를 할 필요는 없다. 당신은 여전히 당신이고, 그냥 당신과 맞지 않은 하루였을 뿐이다. 일을 할 수 없어도, 사람들과 이야기를 하고 싶지 않아도, 안전한 곳이 집뿐이라고 해도 상관없다. 그냥 자신에게 말하자. 오늘은 나쁜 날이야. 있어서는 안 될 날이었어. 당신은 곧 잠이 들고 다른 곳으로 안내될 것이다. 그리고 다시 돌아오면 모든 것이 새롭게 시작될 것이다. 새롭다는 말에는 반복과 갱신의 의미가 둘 다 담겨 있다. 그렇게 새롭게, 당신은 친구를 만들기 위해서 노력해야 한다.

실제 또는 가공의 구명부표

우울증에서 골칫거리는 당신이 할 수 있는 일이 거의 없다는 점이다. 치료가 주는 통찰은 당신이 나아가는 것을 도울 수 있다. 우울해진 원인이 분명한 경우에는 특히 더 그렇다. 그리고 자신에 대한 이해는 삶의 여러 측면에서 유용할지도 모른다. 그러나 우울증이라는 것이 항상 머리로 해결되는 것은 아니다. 특히 우울증이 반복되는 경우에는 그것을 견디는 데에 도움이 되는 취미와 기술을 만들고, 당신을 보살펴주거나 당신이 보살피는 사람과 동물의 안전망을 확보하고, 항상 바쁘게 지내는 것이 더 중요하다. 숨 쉴 공간을 위해서 끊임없이 싸워야 하는 것은 피곤하지만, 달리 할 수 있는 일이 많지 않다.

우울증이 올 때마다 견뎌내고 자신의 불행을 넓은 시야에서 바라보기 위해서 자신을 단련시키려고 노력할 수 있다. 우울증을 심각하게 받아들여서는 안 된다는 뜻이 아니라, 가능한 한 우울증과 함께 살아가려고 노력해야 한다는 뜻이다. 가벼운 우울증이 있을 때에는 일을 계속하는 것이 매우 중요할 수 있다. 가능한 한 오래 해야 한다. 당신은 당신의 삶에서 어떤 의미를 찾을 수 없지만, 다른 이들은 당신의 가치를 알아본다. 게다가 일은 약간의 기분전환이 되어주고, 그 덕분에 당신은 또 하루를 지낼 수 있다. 당신이 가지고 싶은 것이나 하고 싶은 것에 매달리고, 다른 이들과의 약속을 꼭 지키자. 뭔가를 '상상하면서' 행동하는 것은 힘든 나날들을 빠져나와서 원하는 곳에 이르는 데에 도움이 될 수 있다. 용기를 낸다는 것은 어려움을 뚫고 목표를 이루는 엄청나게 열정적인 감정이 아니라, 두려움을 이기면서 어렵사리 헤쳐나가는 것과 비슷하다. 만약 무엇인가가 당신에게 가치 있어 보인다면, 그것을 하라. 미래는 정해져 있지 않다.

예술은 내 삶과 이 책을 관통하는 중요한 요소이다. 무의미함에 대항하는 우리의 무기 중 하나이며, 실제로 존재하는 것과 존재할 가능성이 있는 것에 의미를 부여하는 한 가지 방법이다. 누군가 세상을 다르게 본다면, 세상은 바뀐다. 그리고 예술가는 사물을 다른 방식으로 보여줄 수 있는 마술사이다. 내게는 무엇인가를 만들어내는 일이 필요하고, 운 좋게도 나는 그런 일을 할 수 있다. 그러나 우울증은 모든 것을 똑같아지게 만든다. 만약 상황이 정말로 좋지 않으면, 이 모든 것이 아무 가치가 없는 것처럼 보이거나 정말로 가치가 없어진다. 그러면 남은 희망은 내가 땅속에 내리고 있는 뿌리가 나를 굳건히 서 있게 할 수 있을 정도로 튼튼하다는 것이다.

세상은 넓다

의연함은 이 세계에 뿌리를 내리고 있는 것과 연관이 있다. '세계'는 현상학에서 중요한 개념이다. 이 세계는 우리가 살고 있는 지구라는 행성보다는 생명 공동체-세계(communal life-world)를 의미한다. 우리는 그 생명 공동체-세계 안에서 태어나고, 다른 생명체들과 함께 이 생명 공동체-세계를 형성한다. 인간은 그리고 다른 동물들도 항상 능동적으로 자신의 환경을 만든다. 그래서 당신이 다른 이들과 만나고 서로의 삶이 겹쳐지면, 공동의 세계가 만들어지게 된다.

자기 자신을 치유할 수 없을 때에는 다른 이들을 돕는 것이 도움이 될 수도 있다. 그들에게도 좋고, 자신의 삶에도 의미를 부여할 수 있는 방법이다. 행복이나 목표 달성이나 성공에 삶의 가치를 두기보다는 다른 이들을 위한 일에 삶의 가치를 둘 수도 있다. 그 이유는 체면이나 자존심 때문이 아니라, 다른 이들이 여전히 소중하고 가치가 있기 때문이다. 그러면 당신에게는 일반적인 쓸모가 생긴다. 자기 자신에게 아무 쓸모없는 존재가 아니라, 뭔가를 만들어가고 온전하게 지키는 존재가 되는 것이다. 바로 이것이 우리가 서로를 도울 수 있는 방법이다. 내가 앞에서 언급했듯이, 우리 사회는 사랑과 보살핌이 정말로 필요하기 때문이기도 하다. 동물 보호소에서 자원봉사를 하는 사람들은 이런 일이 어떻게 가능할 수 있는지를 보여주는 좋은 본보기이다. 내가 한동안 봉사 활동을 했던 길고양이를 위한 암스테르담 재단의 자원봉사자들 중에는 마음에 응어리가 있는 사람이 많다. 그들 중에는 고양이 집을 청소하거나 고양이들과 어울리는 것이 그날 또는 그 주의 유일한 외출인 사람도 있다. 그리고 그 시간 덕분에 그들은 계속 나아갈 수 있다. 고양이들은 도움을 받기도 하지만, 이 치유 절차에서 적극적인 역할을 하기도 한다. 자전거 보관 창고를 청소하거나 텔레비전을 수리하는 것으로는 결코 이런 효과를 얻을 수 없다. 누군가를 만난다는 것에는 희망이 있다. 비록 그 누군가가 털북숭이에다가 생선을 미친 듯이 좋아하는 존재라고 해도 말이다. 사회운동도 도움이 될 수 있다. 어떤 대의를 진심으로 따르고, 그것이 당신의 운명의 일부가 되게 하자. 당신이 가진 것이 우울증밖에 없다면, 추스르고 일어나는 것이 어렵기 때문이다. 어떤 중요한 일에 투신하는 것은 부당한 사회 구조뿐 아니라 가라앉고 있는 당신 자신에 대한 저항이 될 수 있다. 우리는 서로 연결되어 있고, 이 세계는 우리의 집이다. 글쓰기도 이런 세계성

(worldhood)을 확장시키는 데에 도움이 될 수 있다. 이것 때문에 밖에 나갈 필요는 없지만, 내가 다른 사람들에게 할 수 있는 가장 중요한 조언은 말 그대로 계속 움직이라는 것이다.

이미 논했듯이, 광기와 정상을 나누는 명확한 구분선은 없다. 그 구분은 시간의 흐름에 따라서 변해왔고, 문화에 따라서도 다르다. 게다가 우울증에도 유용한 측면이 있다. 우울한 사람은 존재의 무의미함과 부조리함을 유달리 잘 이해하고, 돈에 대한 집착과 같은 다수의 집단행동을 조금 멀리서 바라볼 수 있다. 우울증이 당신에게 보여주는 세계의 일부는 누군가는 결코 볼 수 없는 것이다. 우리는 홀로 이곳에 있다. 누구나 혼자이기는 마찬가지라고 해도, 혼자임에는 변함이 없다. 삶을 당연하게 받아들일 수 없다는 것을 알게 해준 그 경험은 삶을 더 깊이 생각하게 해주기도 한다.

극심한 우울증이 찾아왔을 때에는 이런 것은 별로 쓸모가 없지만, 당신이 꼭 붙잡고 매달릴 수 있는 것들이 있다. 쉼 없이 흐르면서 당신도 움직이게 하는 시간, 당신의 다리에 머리를 누이는 개, 모든 것이 한 번 더 바뀔 수 있다는 생각. 다행히도 이런 것들은 당신이 생각지도 못하고 있을 때조차도 당신을 떠받치고 있다.

세상은 넓다. 당신보다 훨씬 더 크고 훨씬 더 오래되었다. 태양은 매번 새롭게 다시 떠오르고, 끊임없이 다시 진다. 가까운 숲의 나무들은 100년 넘게 그곳에 서 있었다. 당신은 그 나무의 몸통을 만져볼 수 있다. 해변은 당신이 거기에 있든지 없든지 상관없다는 것을 보여준다. 당신이 발견되든지 사라지든지 파도는 계속 움직이면서 밀려갔다가 다시 밀려온다. 바다는 끝이 없고, 저 멀리서 하늘과 하나가 된다. 당신의 몸도 하나의 바다이다. 밤낮을 따라 움직이고 저절로 늙어가며 당신보다 훨씬 더 오래된 입자들로 이루어져 있다. 모든 것은 곧 끝날 것이고, 당신은 본래의 것으로 흡수될 것이다. 그러니 지구에, 당신이 지나온 나날들에 의지하자. 내일은 다를 수도 있다.

주

1. 인터넷에서 과거의 날씨를 알려주는 웹사이트를 찾았는데, 그것을 찾아보니 1994년에는 비가 온 날이 많았다. 여름이 더웠던 것은 맞지만 5월이 특별히 더 화창하지는 않았다. 나는 아마도 여기에서 내가 묘사하는 다른 사건들 때문에 태양에 더 주목했던 것 같다.

2. Sartre, Jean-Paul, *Nausea*. Penguin Books, 1976[1938].

3. Camus, Albert, *The Myth of Sisyphus and Other Essays*. Vintage Books, 1991 [1942].

4. 뒤에서 언급하겠지만, 윌리엄 스타이런은 『보이는 어둠』에서 카뮈도 우울증으로 힘겨워했다고 말한다(*Darkness Visible: A Memoir of Madness*, Vintage, 2004, p. 21). 그는 자동차 사고로 인한 카뮈의 죽음이 사실은 일종의 자살이었다고 의심한다. 운전이 난폭하다고 알려진 사람과의 여행을 그가 의식적으로 선택했기 때문이다.

5. 잘못된 일이 잘된 일로 바뀔 수도 있다. 케빈 하인스는 10대 때 스스로 목숨을 끊으려고 금문교에서 뛰어내렸다가 바다사자에 의해서 구조되었다. 그의 이야기는 인터넷에서 확인할 수 있다. 'San Francisco bridge jumper says sea lion saved him', AFP, *The Telegraph*.

6. 사르트르의 『구토』에서는 예술이 희망이라는 희미한 빛을

제공하며, 카뮈의 경우도 마찬가지이다. 그러나 어쩌면 이 것은 단순히 일반적인 착각일 수도 있다.

7. 그 반대도 마찬가지이다. 어쩌면 내가 우울해지는 주된 이유일 수도 있는 내 감수성은 내가 작업물을 내놓을 수 있는 이유이기도 하다. 상투적으로 보일지도 모르지만, 내 취약성은 사실 나의 가장 강력한 무기이다. 내 경계에는 구멍이 많다. 내 피부는 벽이 아니다. 외부에 있는 것은 쉽게 흘러 들어올 수 있고, 내부에 있는 것은 항상 나갈 길을 찾는다. 작품을 만들기 위해서는 세계와 자신 사이의 이런 끊임없는 교류가 필요하다.

8. Meijer, Eva, *Dagpauwoog*. Cossee, 2013.

9. 허쉬는 회고록인 『이상 탈의(*Paradoxical Undressing*)』 (Atlantic Books, 2011)에서, 주변과 바깥의 소란스러움으로부터 그 노래들이 어떻게 나왔고, 그 소음을 없애기 위해서 어떻게 음악을 연주할 수밖에 없었는지를 묘사한다. 그의 음악을 들으면 그런 정서가 느껴진다. 허쉬가 창조한 이상한 세계에는 사막과 바다가 함께 있다. 그곳은 잠시 숨을 돌릴 수 있는 곳이기도 하지만, 끊임없이 위협을 받는 곳이기도 하다. 음악을 만드는 것은 절대적인 존재감을 요구하며, 허쉬는 음악을 듣는 사람들에게도 존재감을 요구한다.

10. 내게 노래는 행복을 표현하는 방법이 결코 아니다. 때로 사람들은 자전거를 타면서 노래를 흥얼거리면 정말 행복할 것이라고 생각한다. 그러나 내게는 계속 존재하는 것, 내가 아직 가지고 있는 목소리를 듣는 것에 더 가깝다.

11. 페르난두 페소아는 존재하면서 동시에 존재하지 않는 이런 감정에 대해서 많은 글들을 썼다. "몇 달 동안 나는 살아 있지 않았다." 『불안의 책』(Penguin Books, 2015)의 139번 글에 그는 이렇게 썼다. 그는 꿈을 거의 꾸지 않고, 오랫동안 아무것도 쓰지 않았으며, 사무실에서 맡은 소임은 잘 해냈지만, 그의 생각과 감정은 정지 상태이다. "아, 그것은 평화가 아니로구나. 쇠락도 하나의 과정이다." 자살은 삶에 대한 그의 깊은 피로감을 해결하기 위한 미심쩍은 방법으로 보인다. 죽음은 그가 결코 존재하기를 바라지 않았다는 느낌에 대한 것이기 때문에, 그것으로는 부족했다. 그는 글쓰기를 통해서 이런 열망을 치유하고자 했는데, 그에 따르면 이것은 소수에게만 적합한 '모순적인 치유법'이다.

12. 멘디에타는 그의 34층 아파트 창문에서 떨어져서 이른 나이에 숨을 거두었다. 이웃의 증언에 따르면, 그는 죽기 직전에 유명한 예술가이자 그의 파트너인 칼 안드레와 격한 언쟁을 벌였다. 안드레는 멘디에타를 살해한 혐의로 재판에 넘겨졌지만 증거 불충분으로 무죄 선고를 받았다.

13. 자크 데리다는 우리가 우리의 흔적을 지울 수도 없고 통제할 수도 없다고 말한다. 우리가 남긴 것은 우리와는 별개로 제멋대로 변화할 것이다. 소설 한 편을 읽어도 독자마다 배경이 다르기 때문에 다르게 받아들이는 것처럼, 이것은 크게 보면 맞는 말이다. 그러나 더 작은 규모로 보더라도 옳다. 낯선 사람에게 듣는 말이나 우리가 사랑하는 사람에게 해주거나 듣는 말이 시간이 흐르면서 그 의미가 달라지는 것처럼 말이다. 의미는 항상 유동적이다. 일어난 일은 그후

에 일어난 일 때문에 새로운 색조를 얻는다. 영화와 책에서
는 이것이 마지막에 완성된 느낌, 즉 결말로 이어질 수 있
다. 사람들은 결말과 잘 다듬어진 이야기를 좋아한다. 그
래서 자신의 삶 역시 이런 식으로 해석하려는 경향이 있다.
폴 오스터는 그의 아름다운 짧은 책 『빨간 공책(*The Red
Notebook and other writings*)』(Faber and Faber, 1995)에서,
그의 삶에서 일어난 우연에 대해 쓰면서 우연과 운명 사이
에는 어떤 실질적인 차이도 없다는 것을 보여준다. 일어난
일은 일어나야 했고, 우리는 그저 그 일을 상대하기만 하면
된다. 우리가 발견한 유형은 우리 자신의 유형이지만, 그렇
다고 해서 사실이 아닌 것은 아니다.

14. 예술은 그것과 접하는 모든 사람들로부터 의미를 얻고, 그
사람들에게 의미를 준다. 그래서 내 작품은 나 자신보다 훨
씬 더 크고 통제할 수 없다. 내 그림을 보고, 내 글을 읽고,
내 음악을 듣는 모든 사람들은 원래의 그것과는 다른 뭔가
를 만든다. 그 자체의 힘 때문에도 통제할 수 없다. 나는 내
가 만든 것을 어떤 식으로든 통제해본 적이 없다. 정확히는
그것이 내 외부에서 유래한 낯선 것이고, 때로는 나를 이끌
어줄 수도 있는 나보다 더 중요한 것이기 때문이다.

15. 내게는 이 글을 쓰는 것에도 순환의 특성이 있다. 이 작업
은 한때 내게 중요했던 화가, 작가, 음악가들을 다시 떠오
르게 한다. 그 느낌은 마치 오랜 친구를 만나는 것과 비슷
하다. 둘 다 더 나이가 들고 더 지혜로워지고(더 슬퍼지지
만 더 지혜로워진다), 함께 추억에 잠기고, 새로 일어난 일
들에 대해서 이야기를 나눈다. 다시 만나게 되어서 기쁘지

만, 한편으로는 슬프다. 차츰 멀어져가고 늙어가는 다른 이들의 모습에서 모든 것의 덧없음을 느낄 수 있기 때문이다.

16. 이런 면에서 나는 항상 1960년과 1970년대의 초기 페미니스트 행위예술가들과의 연관성을 느끼고 있다.

17. Emin, Tracey, *Strangeland.* Sceptre, 2005.

18. 『낯선 땅』에 대한 지넷 윈터슨의 글은 그의 웹사이트에서 읽을 수 있다. www.jeanettewinterson.com

19. Sherwin, Skye, 'Tracey Emin's My Bed: A violent mess of sex and death', *The Guardian.*

20. 이에 관해서는 제3장에서 더 자세히 다룰 것이다. Kyaga, Simon, *Creativity and Mental Illness: The Mad Genius in Question.* Springer, 2014.

21. De Martelaere, Patricia, 'De levenskunstenaar, naar een esthetiek van zelfmoord' in *Een verlangen naar ontroostbaarheid.* Meulenhoff, 2003.

22. 위의 책. p. 100.

23. Styron, William, *Darkness Visible: A Memoir of Madness.* Open Road Media, 2010.

24. 『모든 인간은 죽는다(*Tous les Hommes Sont Mortels*)』 (Virago, 1995[1946])에서 시몬 드 보부아르는 불멸도 해결책이 아님을 보여준다. 이 소설의 주인공은 불멸이고, 오랫동안 인간을 보았기 때문에 인간을 매우 정확하게 이해하고 있다. 그러나 그 과정에서 그는 더 이상 진정한 인간이 아닌 존재가 되고, 다른 이들을 사랑할 수 없게 된다. 그에게는 그들의 덧없음만 보일 뿐이다.

25. 나는 우울증이 특별히 철학적인 병이라고 생각하지 않는다. 우울증은 누구나 걸릴 수 있다. 그러나 내 경험상 우울증은 허무함을 가져오고, 우울증에서 유래한 허무함은 이런 종류의 생각으로 이어진다. 게다가 자신에 대한 의심을 동반하는 우울증에는 뭔가 철학적인 면이 있다. 어쨌든 확실하다고 여겨지는 것에 대한 의심은 데카르트 시대 이후로 용인된 연구법이다. 이 방법을 자신의 삶이나 자신의 가치에 적용한다는 것이 조금 지나칠 수는 있지만, 유효한 방법이다.

26. Van Hoorick, Kari, 'Wat depressie met onze hersenen doet'. *Knack*, 2017.

27. Bennett, Sophia, and Thomas, Alan J., 'Depression and Dementia: Cause, Consequence or Coincidence?' *Maturitas* 79.2 (2014): 184–190.

28. 요신 페르후번은 그의 박사 학위 논문 주제로 이 현상을 연구했다. *Depression, Anxiety and Cellular Aging: Does Feeling Blue Make You Grey?* (Vrije Universiteit Amsterdam, 2016).

29. Monk, Ray, *Ludwig Wittgenstein: The Duty of Genius*. Penguin Books, 1991.

30. Wittgenstein, Ludwig, *Tractatus logico-philosophicus*. Routledge, 2001 [1922].

31. 여기에서 내가 주로 염두에 두고 있는 작품은 『철학적 탐구』(Basil Blackwell Ltd, 1958)이지만, 다른 후기 글들과 특히 다양한 '발언'도 마찬가지이다.

32. 희미한 노란 가로등 불빛이 있는 화요일 새벽 4시의 거리를 상상해보자. 개는 아프고, 우리는 개가 강가의 풀밭에서 긴장을 풀 수 있도록 강으로 가는 길이다. 밖에는 인적이 없다. 마치 오래 전부터 그곳에 아무도 없었던 것 같다. 유령조차도 집 안에 머무는 것을 더 좋아한다. 이것이 한동안은 이상해 보일 수도 있지만, 계속 그렇지는 않다.

33. 한강의 『흰』은 흰색에 대한 탐구이다. 사실 이 책에서는 상실을 다룬다. 그 상실은 우리 모두 공감할 수 있거나 서로 이야기할 수 있는 다양하고 일관성 없는 상실의 경험들이 아니라 우리 존재의 기본 구조의 일부분인 상실이다.

34. 더 나아지려는 열망, 삶의 핵심을 알고 즐기려는 열망은 그 자체로 가치가 있다. 왜냐하면 약속이 되고, 우리가 쟁취하고 싶은 무엇인가를 주기 때문이다. 그것은 혹시나 하는 희망이 아니라 가능성 있는 희망이다. 이는 우리가 언어를 사용하고 싶으면 이해의 약속이 필요하다는 비트겐슈타인의 지적과 같은 이치이다.

35. Taylor, Sunaura, *Beasts of Burden: Animal and Disability Liberation*. The New Press, 2017.

36. Foucault, Michel, *The Care of the Self: The History of Sexuality, Vol. 3*. Pantheon, 1986.

37. Aho, Kevin A., 'Depression and Embodiment: Phenomenological Reflections on Motility, Affectivity, and Transcendence'. *Medicine, Health Care and Philosophy* 16.4 (2013): 751–759.

38. Heidegger, Martin, *Being and Time*. Blackwell Publishing

Ltd, 1962. 다음도 참조하라. Heidegger, Martin, *The Fundamental Concepts of Metaphysics: World, Finitude, Solitude.* Indiana University Press, 1995.

39. Derrida, Jacques, *The Beast and the Sovereign, Volume I and II (The Seminars of Jacques Derrida).* The University of Chicago Press, 2009/2011.

40. 이 작품에는 초기의 (소실된) 필름을 기반으로 한 영화와 함께 사진과 엽서도 포함된다. 내가 여기서 말하는 것은 1971년에 만들어진 네덜란드 영화이다.

41. 네덜란드의 기자인 베티 판 하럴은 「하흐스 포스트(*Haagse Post*)」(1972)에 아더르가 감상적이고 "낭만적인 유약한 사람"이며, "심지어 독창적이지도 않다"고 썼다.

42. 독서에는 시간이 들고, 그 시간은 독서의 한 요소이다. 그렇기 때문에 소설은 다른 예술 형태에 비해서 기분을 환기시키는 데에 매우 적합하다.

43. Seneca, *De goede dood.* Uitgeverij Athenaeum-Polak & Van Gennep, 2015. 다음도 참조하라. Seneca, *Letters on Ethics.* The University of Chicago Press, 2015/2017; Seneca, *Dialogues and Letters.* Penguin Books, 1997.

44. 회전식 그네와 그 효과는 메이슨 콕스의 『정신 이상에 대한 임상적 관찰(*Practical Observations on Insanity*)』에 자세히 묘사되어 있다. 2nd edition. C. and R. Baldwin; J. Murray, 1806, pp. 137–176.

45. 미셸 푸코의 『광기와 문명(*Madness and Civilization: A History of Insanity in the Age of Reason*)』(Vintage Books,

1988)의 제5장과 제6장을 보라. 이 책에 관해서는 이 장의 뒷부분에서 더 자세히 다룰 것이다.

46. 이를테면, 히스테리는 자궁이 몸 전체에 영향을 주어서 발생하는 전형적인 여성 질병으로 여겨졌다(푸코, 1988, 제5장). 미친 여자는 과거나 현재나 강제로 불임 수술을 받는 일이 종종 있다. 다음을 보라. Krase, Kathryn, 'History of Forced Sterilization and Current U.S. Abuses'.

47. Kusters, Wouter, *A Philosophy of Madness: The Experience of Psychotic Thinking*. MIT, 2020.

48. 카프카의 식습관에 대한 글은 카프카 자신의 글을 포함해서 꽤 많다. 일부에서는 카프카가 거식증을 앓고 있었다고 확신한다. 다음을 보라. Fichter, M.M. (1987). 'The anorexia nervosa of Franz Kafka'. *International Journal of Eating Disorders*, 6(3), 367–377.

49. 여기서 나는 흡연실에 대해서 특별히 언급을 하고 싶다. 바우터르 퀴스터르스는 『광기의 철학』에서 철학 심포지엄과 제도적인 흡연실 사이의 유사점을 지적하는데, 그의 지적은 일리가 있다. 인생에 대한 위대한 질문들은 두 장소에서 다루어진다. 마치 삶 자체가 여기에 달린 것 같다.

50. 이 통계의 출처는 네덜란드의 웹사이트인 proud2bme이며, 이 웹사이트에는 섭식 장애를 앓고 있는 사람과 그 가족과 친구를 위한 다른 정보도 많다. 영국에서는 Beat Eating Disorders와 Anorexia & Bulimia Care에서 비슷한 정보를 얻을 수 있다.

51. 나는 열세 살 때 내 고향인 호른의 도서관 맨 꼭대기 층에

서 데카르트를 처음 읽었다. 그리고 『성찰(*Meditationes de prima philosophia*)』에서 그의 고독함을 내 것으로 인식했다.

52. 나는 섭식 장애에서 완전히 회복되었고, 2000년에 입원을 한 이래로 재발한 적은 없다. 거식증 환자들은 거식증이 완치가 되지 않는다는 통념을 철석같이 믿고 있다. 그 이유는 아마 내가 앞에서 논했던 어떤 애착이 거식증에도 있기 때문일 것이다.

53. 자신의 생각을 판단하는 것과 그런 생각을 조절하는 법을 배운다는 점에서 인지 행동 치료와 철학은 둘 다 명상과 비슷하다. 명상에서는 중요한 생각이나 단순히 그곳에 있다는 생각에 집중하기 위해서 방황하는 생각들을 괄호 속에 넣어둔다.

54. 내가 여기에서 사용한 '심리 치료(psychotherapy)'라는 용어는 다양한 형태의 정신 분석과 고객 지향적 심리 요법, 개별적인 집중 대화에 기반한 일단의 접근법을 줄여서 말한 것이다.

55. 프로이트는 뭔가를 놓아주는 것이 왜 그렇게 고통스러운지를 궁금하게 생각한다. 상실은 사람들에게 왜 그렇게 큰 슬픔을 일으킬까? 그렇지 않았다면 훨씬 더 효율적이었을 텐데 말이다.

56. De Martelaere, Patricia, *Een verlangen naar ontroostbaarheid*. Meulenhoff, 2003.

57. 항우울제가 실제로 젊은 사람들의 자살을 유발할 수 있다는 것을 밝힌 연구는 그로부터 15년 후에야 발표되었다.

58. Cipriani, Andrea, et al. 'Comparative Efficacy and

Acceptability of 21 Antidepressant Drugs for the Acute Treatment of Adults with Major Depressive Disorder: A Systematic Review and Network Meta-Analysis'. *The Lancet* 391.10128 (2018): 1357–1366.

59. 이는 의료보험 회사와 제약회사에서 나온 정보를 통해서 확인할 수 있다. 네덜란드 연구 위원회(NWO)의 웹사이트에서 다음을 보라. Smolenaars, Margot, 'Anyone reading this is (not) crazy. Psychological problems are not black and white.'

60. 58번 주석을 보라.

61. Cvetkovich, Ann, *Depression: A Public Feeling*. Duke University Press, 2012.

62. Caputi, Theodore L., Smith, Davey, and Ayers, John W., 'Suicide Risk Behaviors Among Sexual Minority Adolescents in the United States, 2015'. *Jama* 318.23(2017): 2349–2351.

63. Coombs, Chelsey B., 'Black People in New York Suffer from Depression More Than Any Other Group in the City'. *Gizmodo*, 2015.

64. Ferguson, Anni, '"The lowest of the stack": why black women are struggling with mental health'. *The Guardian*, 2016.

65. Callaway, Ewen, 'Fearful Memories Haunt Mouse Descendants'. *Nature*, 1 December 2013.

66. Ferrari, Alize J. et al., 'Burden of Depressive Disorders by Country, Sex, Age, and Year: Findings from the Global

Burden of Disease Study 2010.' *PLoS medicine* 10.11 (2013): e1001547.

67. 페미니스트 동물철학자인 캐럴 애덤스는 자신의 웹사이트에서 '외상을 일으키는 지식'이 어떤 종류의 문제를 일으킬 수 있는지를 명확하게 설명한다. 다음을 보라. Adams, Carol, 'Traumatic Knowledge and Animal Exploitation: Part 1: What Is It?'

68. Kelly, Greg, 'Modern-Day Plague: Understanding the Scope of Veterinary Suicide'.

69. 영국의 작가인 마크 피셔(1968–2017)도 비슷한 주장을 했다. 그의 작품은 정치–경제적 구조와 우울증 사이의 연관성을 증명하고, 자본주의가 정신건강에 엄청난 문제가 된다고 평가한다. 다음을 보라. Fisher, Mark, *Capitalist Realism: Is There No Alternative?* Zero Books, 2009.

70. 안타깝게도, 우울증은 인간에게만 국한된 것이 아니다. 비인간 동물도 우울증이 생길 수 있다. 이를테면, 우울증은 빈틈없이 꽉 들어찬 양어장에서 살아가는 연어에게도 발견되고, 동물 쉼터에 오랫동안 갇혀 지낸 코끼리와 공장식 농장에서 사육되는 동물에게도 나타난다. 많은 동물원들에서 동물들에게 항우울제를 준다. 다음을 보라. Braitman, Laurel, *Animal Madness: How Anxious Dogs, Compulsive Parrots, and Elephants in Recovery Help Us Understand Ourselves.* Simon and Schuster, 2014. 동물 자살을 설득력 있게 다룬 최근 기사도 있다. Pena-Guzmán, David M., 'Can nonhuman animals commit suicide?' *Animal Sentience: An*

Interdisciplinary Journal on Animal Feeling. 2,20 (2017): 1.

71. 감정적, 자연적, 동물적인 성질도 마찬가지였다.

72. 이런 배가 실제로 있었는지는 확실하지 않다.

73. 광기는 역사적, 개념적으로 종종 동물적인 성질과 연관이 있는 것으로 여겨졌다. 미친 사람과 비인간 동물은 이성적 이지 않다는 지속적인 편견이 있다. 역사적으로도 미친 사람들은 감금되거나 쇠사슬로 묶이는 등, 종종 동물처럼 묘사되고 다루어졌다.

74. 그런 이유에서, 광기에 대한 새로운 학문적 연구는 우리가 제정신이라고 여기는 것에 정확히 초점을 맞춘다. 광기에 대한 연구는 자신이 미쳤다고 생각하는 사람들의 경험을 중점적으로 다루면서, 정상이라는 기준의 이면을 보려고 노력한다. 정상에서 벗어난 모든 것이 열등하거나 거부할 만한 것으로 여겨지는 대신, 색다른 경험 속에서 풍성함이 발견될 수도 있다. 게다가 다른 모든 것의 평가 기준이 되는 규범을 토대로 하는 생각은 억압을 낳는다. 이런 형태의 비판적 사고는 장애 연구에서 기원했으며, 비판적 인종 연구, 여성 연구, 동물 연구와도 관련이 있다. 광기와 정상성에 대한 우리의 생각이 실제로 어떻게 생기게 되었는지를 조사함으로써, 우리는 그 생각을 비판적으로 평가할 수 있고, 필요하다면 바로잡을 수도 있다. 광기 연구는 법률, 철학, 젠더 연구와 같은 다양한 인문학 분야에서 발견할 수 있다. 이런 학문 분야는 경험, 역사, 문화, 정치에 초점을 맞추고, 신경 다양성을 지닌 사람이나 학습 장애가 있는 사람이나 정신질환을 앓고 있는 사람이나 앓은 이력이 있는 사

람처럼 자신을 미쳤다고 생각하는 사람들의 이야기도 중점적으로 다룬다. 이런 접근법은 정치적이기도 하다. 광기에 대한 현재의 사고에 의문을 제기하고, 이와 관련해서 사회적, 경제적, 정치적, 또는 그외 다른 수준에서 일어나는 배제와 같은 사회적 관행에도 의문을 제기하기 때문이다.

75. 그렇다고 해서, 정신적으로 심하게 아픈 사람과 일시적이나 영구적으로 전문가의 도움이 필요한 사람도 있다는 점을 부인하고 싶지는 않다.

76. 데리다는 이것이 난민에게도 적용된다고 주장한다. 난민은 종종 골칫거리나 부정적으로 인식되지만, 외부에서 내부로 들어온 그들은 (그들의 본질적인 가치나 권리와 관계없이) 우리를 비추는 거울을 들고 있다는 것이다. 우리는 낯선 것에서 우리 자신을 볼 수도 있고, 우리 자신을 낯설게 볼 수도 있다. Derrida, Jacques, *Of Hospitality: Anne Dufourmantelle Invites Jacques Derrida to Respond*, Stanford University Press, 2012.

77. 20번 주석을 보라.

78. 어린 시절의 기억은 항상 단편적으로만 떠오른다. 어떤 것도 온전하게 생각나지 않는다. 특정 시기를 떠오르게 하는 것 같은 기억은 항상 있지만, 어떤 것이 그런 기억인지는 지나고 나서야 알게 된다. 나는 피카와 매주 해변에 가고는 했다. 우리는 헤이그 교외 중 한 곳에서 살았다. 집 바로 옆에는 썰렁한 쇼핑센터가 있었는데, 그곳에서 우리는 키크다윈으로 가는 버스를 탔다. 우리는 모래언덕을 지나서 해변까지 걸어갔고, 그 다음에는 모래밭을 따라서 조금 걷다

가 다시 돌아왔다. 바다는 항상 나를 편안하게 해주었고, 피카가 나를 향해서 전속력으로 뛰어오는 모습을 보는 것은 너무 뭉클했다. 돌아오는 길에 피카는 나이가 조금 더 많은 동승객(이 개도 겨울 수영을 좋아했다)의 다리에 젖은 몸을 밀어붙이는 것을 좋아했다. 집에 돌아와서 짭짤한 바다 냄새가 나는 피카의 머리에 내가 입을 맞추면, 피카는 그날 내내 잠을 잤고 그동안 나는 일을 했다. 그 시절의 나는 자주 불행했다. 특히 애정 문제로 속을 썩었고, 돈에 대한 걱정도 아주 많았다. 그러나 나의 개, 바다, 함께한다는 것이 주는 소속감은 내가 가질 수 있는 가장 위대한 감정이었다.

79. 연구에 의해서 밝혀진 바에 따르면, 달리기는 경미한 우울증(그리고 불안 장애)에 긍정적 효과를 줄 수 있다. 심각한 우울증의 경우에는 효과가 증명되지 않았다. 네덜란드의 저명한 정신과 의사이자 그 자신도 달리기를 하는 브람 바커르와 같은 사람은 달리기의 효과를 장담하고, 다양한 기관에서 '달리기 요법'을 제공하고 있다. 다음은 우울증을 극복하기 위해서 달리기를 하는 사람이 쓴 기사로, 현재 연구의 많은 부분을 다루고 있다. Douglas, Scott, 'For Depression and Anxiety, Running Is a Unique Therapy'. *Runner's World*. 그렇다고 해도 달리기는 기적의 치료법이 아니며, 누구나 효과를 보는 것도 아니다.

80. 달리기를 시작하기 전에는 피아노를 많이 치곤 했다. 로마로 향하는 길은 많다.

81. Merleau-Ponty, Maurice, *Phenomenology of Perception*.

Routledge, 2012.

82. 이런 식으로 세상에 뿌리를 내리고 있는 동물은 인간만이
아니다. 나는 루마니아의 떠돌이 개였던 올리와 2013년부
터 함께 살기 시작했는데, 그를 알게 된 것은 사건들과 손
길에 대한 올리의 신체적 반응 때문이었다. 올리는 온몸이
흉터로 덮여 있고, 한쪽 귀의 절반이 사라졌다. 올리는 신
발, 발을 구르는 행동, 담배, 갑작스러운 움직임을 모두 무
서워했다. 집안에서 사는 것은 그에게 완전히 새로운 일이
었다. 우리 집에 온 첫 주에는 싱크대 위에 몇 번 올라갔고
(올리는 몸무게가 23킬로그램인 대형견이다), 담장을 뛰어넘
어서 이웃집 정원에 들어가기도 했다. 올리는 혼자서 식품
통조림을 열고, 집 안팎에 있는 사람들이 먹을 것을 가지고
있는지, 그를 쓰다듬고 싶어하는지를 살핀다. 올리는 전차
를 타면 누구에게나 인사를 한다. 그들이 친구인지 적인지
를 알고 싶어한다. 내 뜻을 이해하는 방법도 배워야 했다.
인간과 함께 자란 개와 달리, 올리는 내 몸짓을 잘 이해하
지 못했고 지금도 그렇다. 거리에서 살 때에는 비둘기와 까
마귀 같은 도시의 새들을 눈여겨보면서 먹이의 위치를 알
아두었다. 올리는 목걸이를 하는 것을 두려워한다. 떠돌이
개 포획인들이 사용하는 금속 올가미가 달린 막대에 목이
걸려서 끌려간 적이 있었기 때문이다. 나는 그의 과거에 관
한 이야기를 조금은 알고 있다. 나머지 이야기는 올리가 그
의 행동과 자세를 통해서 내게 전한다. 그 행동은 변한다.
처음 몇 달 동안은 끊임없이 경계를 하고, 한쪽 눈을 뜨고
잠을 잤다. 이제 올리는 완전히 긴장을 풀고 편안하게 푹

176

잘 수 있다. 때로는 등을 바닥에 대고 눕기도 한다. 처음 6주 동안에는 전혀 눈을 맞추지 않았지만, 이제는 밖에서 뭔가 재미난 일이 일어나고 있으면 나를 쳐다본다. 그러나 그의 내면에는 아직도 공포가 숨어 있다. 천둥이 치거나 누군가 불꽃놀이를 하거나 그를 향해서 갑자기 움직이면, 달아나버린다. 무릎 문제 때문에 올리를 치료한 물리치료사는 올리의 몸에 남아 있는 그의 역사를 읽을 수 있었다.

83. 36번 주석을 보라.

84. 개략적인 내용은 다음 기사를 보라. Bekoff, Marc, 'Companion Animals Help People with Mental Health Problems', *Psychology Today*.

85. 나는 운 좋게도 항상 나를 사랑해주는 사람들이 있었고, 항상 좋은 친구들이 있었다는 점을 분명히 밝혀두고 싶다.

86. 도우미 개나 다른 도우미 동물의 행복에 대한 연구는 매우 드물지만, 그 동물들이 다른 개들에 비해 스트레스가 더 많으리라는 것을 우리는 알고 있다. 인간은 도우미 동물을 점점 더 많이 활용하고 있기 때문에, 이에 관한 연구가 더 많이 수행되는 것이 중요하다. Glenk, Lisa Maria, 'Current Perspectives on Therapy Dog Welfare in Animal-Assisted Interventions'. *Animals* 7.2 (2017): 7.

87. 침묵은 창작을 위해서도 반드시 필요한 기준점이다. 기존의 것에 뭔가를 추가하고 싶다면 좋은 배경이 필요하다. 노래는 침묵보다 나아야 한다. 그림은 이미 존재하고 있는 모든 이미지에 뭔가를 추가해야 한다. 이 책도 우울증의 경험에 추가될 수 있기를 바란다.

88. 이 시는 케니언의 시집 『콘스턴스(*Constance*)』(1993)에 발표 되었고, 온라인에서 구할 수 있다.

89. Montaigne, Michel de, *The Complete Essays*. Penguin Books, 2003.

옮긴이 후기

『이토록 놀라운 동물의 언어』에 이어 에바 메이어르의 책을 다시 만났다. 전작에서 저자는 의사소통 수단으로서의 언어를 고찰하고, 이것을 동물의 존엄성을 설파하기 위한 논거로 삼았다면, 이번 책에서는 언어가 표현 수단이 된다. 이 책은 다양한 형태의 예술을 통해서 인간의 존재와 정상성에 대한 고민을 다룬다. 그 과정에서 다양한 방식으로 자신을 표현한 여러 작가의 소설, 수필, 그림, 사진, 영상, 행위예술 작품이 소개된다. 그리고 이 책 또한 한 편의 자화상 같다. 글로 그려낸 자화상인 것이다. 이 책의 원제는 『내 언어의 한계*De grenzen van mijn taal*』이다. 그런 겸허한 제목이 무색할 정도로, 저자는 우울에 대한 자신의 경험과 치열한 고찰을 그의 언어로 잘 표현하고 있다.

저자는 어린 시절부터 현재에 이르는 자신의 마음과 몸 상태를 비교적 담담하게 묘사한다. 자살 시도나 정신병원 입원이 예사로운 경험이 아님에도 저자의 회상은 꽤나 건조한 편이다. 저자는 우울증이 특별한 계기 없이 걸릴 수 있고, 지금은 소강상태에 있다고 하더라도 언제든지 다시 찾아올 수 있다고 말한다. 처음에는 우울증 극복기인가 했는데, 결국에는 우울증과 공존하는 법에 더 가까웠다. 그런데 이것이 은근히 위로가 된다. 우울해도 괜찮다는 것. 힘들면 누군가에게 의지해도 된다는 것. 그리고 그 의지 대상이 꼭 사람일 필요도 없다는 것. 저자는 우울증이 언젠가는 다시 파도처럼 밀려올 수 있다는 것을 알고, 규칙적인 일상을 유지하면서 운동으로 자신을 단련한다. 강인한 사람이다.

유전자의 생존 기계에 불과하다는 우리 인간이 어쩌다 의식을 가지게 되어 스스로의 존재 의미를 생각하게 되는 이런 상황은 얄궂다. 내게 철학은 넘을 수 없는 장벽 저편에 있는 세계와 비슷하다. 이 책을 번역하는 과정은 그런 세계를 슬쩍 엿볼 수 있는 기회였다. 혹시라도 나와 같은 처지에 있는 독자가 있기를 바라면서, 저자의 언어를 내가 이해할 수 있는 수준에서 쉽게 풀어보려고 노력했다. 내 번역이 주제의 무거움을 조금이나마 덜어낼 수 있었으면 좋겠다.

김정은